ハリー・ポッターと魔法の歴史をめぐる旅

静山社

ハリー・ポッターと魔法の歴史をめぐる旅
大英博物館「ハリー・ポッター 魔法の歴史展」より

2018年3月7日　初版第1刷

ブルームズベリー社（編）
日本語版監修・松岡佑子
翻訳・宮川未葉
発行人・松岡佑子
発行所・株式会社静山社
〒102-0073　東京都千代田区九段北 1-15-15
03-5210-7221
www.sayzansha.com

編集協力・榊原淳子
日本語版デザイン・冨島幸子

ISBN978-4-86389-403-7 Printed in Japan
印刷・製本／図書印刷株式会社

Bloomsbury Publishing, London, Oxford, New York, New Delhi and Sydney

First published in Great Britain in 2017 by Bloomsbury Publishing Plc
50 Bedford Square, London WC1B 3DP

www.bloomsbury.com

This edition published in October 2017

This book is based on the British Library exhibition *Harry Potter: A History of Magic*

A CIP catalogue record for this book is available from the British Library

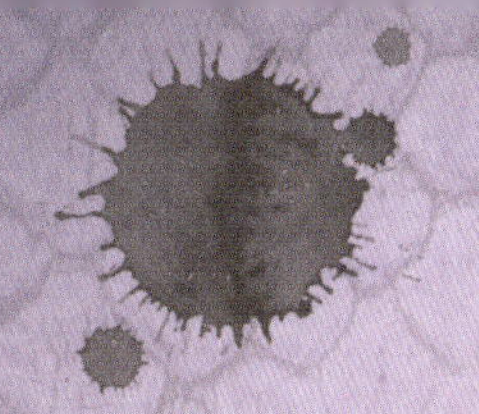

目次

ハリー・ポッターの不思議な世界

1997年6月26日に『ハリー・ポッターと賢者の石』が出版されて以来、ハリー・ポッターシリーズの本は記録を更新し続け、80言語に翻訳されて、世界中で4億5千万部以上を売り上げました。

ハリー・ポッター20周年を記念して、大英図書館では、魔法にまつわる数々の不思議な物を集めた「ハリー・ポッター　魔法の歴史展」を開催しました。

展示は、ホグワーツで生徒が勉強する科目に沿ってテーマ別に分かれ、ハリー・ポッターシリーズの中心となっている神話や昔からの言い伝えの秘密を解き明かすものです。大英図書館のキュレーター（学芸員）たちは、大英図書館内だけでなく、世界中のいくつかの博物館、美術館、そして個人からも収集品を借り入れて、注意深く展示品を集めました。この本では、このような展示品をたっぷり紹介しています。

さあ、キュレーターたちと一緒に魔法の歴史の旅に出ましょう。旅では、こんな新しい発見が待っています。

- 楽しい魔法の実験
- 賢者の石を本当に作ったとされる人の墓石
- イラスト版のハリー・ポッターシリーズでジム・ケイが描いた美しい絵
  —ホグワーツの教授、魔法動物、その他たくさんのスケッチや完成した絵など
- この旅が始まるきっかけとなった特別なメモ
- J.K. ローリング自身のコレクションから提供された、イラストや肉筆原稿などの未公開資料

不思議な魔法の世界が待っています……

魔法界への旅

ハリーの心はおどった。何が待ち構えているかはわからない……
でも、置いてきたこれまでの暮らしよりは絶対ましに違いない。

『ハリー・ポッターと賢者の石』

J.K. ローリングがハリー・ポッターのアイディアを最初に思いついたのは1990年のこと。遅れた列車でマンチェスターからロンドンに向かう途中でした。ローリングはその後5年間かけて、のちに賞を受けることになる7巻シリーズの構想を完成させました。そして1995年に、出版してくれる会社をついに見つけました。それはブルームズベリー社でした。ハリー・ポッターの旅の第一歩が踏み出されたのです……

『賢者の石』の運命が決まった瞬間

ブルームズベリー社が『ハリー・ポッターと賢者の石』の出版を引き受ける前、およそ8社の出版社に原稿が持ち込まれていたものの、どの会社からも断られた、という話は有名です。ブルームズベリー社の編集者は、J.K. ローリングの原稿を巻物にして社内で見せました。巻物の中には、当時有数の児童書賞（スマーティーズ賞）にちなんで、スマーティーズというお菓子を入れました。ブルームズベリー社の創立者で最高責任者のナイジェル・ニュートンは、巻物を家に持ち帰って、8歳の娘アリスに渡しました。

アリスは、ダイアゴン横丁の章まで原稿を読んで、判定を下しました。このほほえましいメモには、そのときの言葉が残っています。その後、長い間、アリスは残りの原稿を家に持ち帰るよう父親にせがんだということです。アリスが間に入ったことは決定的で、ナイジェル・ニュートンは、自身が議長を務める翌日の出版会議で、ブルームズベリー社が『賢者の石』を出版するという、編集者のバリー・カニンガムの提案を承認しました。これが出発点となって、児童書の出版史上、最も成功した事業として広く認められるまでに至ったのです。

The exitment in this book made me Feel warm inside. I think it is possibly one of the best books an 8/9 year old could read

「この本を読んで、とてもわくわくして、心が温かくなりました。
8、9歳の子どもが読む本として、最高の本ではないかと思います」

アリス・ニュートン（8歳）による
『ハリー・ポッターと賢者の石』の読書感想文

ナイジェル・ニュートン所蔵

著者によるあらすじ

これは、『ハリー・ポッターと賢者の石』のあらすじの原本です。J.K.ローリングは、最初の数章にこのあらすじを添えて、ブルームズベリー社に提出しました。あらすじにはホグワーツで学ぶ科目が説明してあり、これを読むと、魔法の勉強がとてつもなく楽しいものに思えます。ハリー・ポッターの世界の魅力をまとめたこのあらすじに、ブルームズベリー社の編集チームは興味をそそられました。

『ハリー・ポッターと賢者の石』のあらすじ
J.K. ローリング 作（1995年）

J.K. ローリング所蔵

Synopsis

Harry Potter lives with his aunt, uncle and cousin because his parents died in a car-crash - or so he has always been told. The Dursleys don't like Harry asking questions; in fact, they don't seem to like anything about him, especially the very odd things that keep happening around him (which Harry himself can't explain).

The Dursleys' greatest fear is that Harry will discover the truth about himself, so when letters start arriving for him near his eleventh birthday, he isn't allowed to read them. However, the Dursleys aren't dealing with an ordinary postman, and at midnight on Harry's birthday the gigantic Rubeus Hagrid breaks down the door to make sure Harry gets to read his post at last. Ignoring the horrified Dursleys, Hagrid informs Harry that he is a wizard, and the letter he gives Harry explains that he is expected at Hogwarts School of Witchcraft and Wizardry in a month's time.

To the Dursleys' fury, Hagrid also reveals the truth about Harry's past. Harry did not receive the scar on his forehead in a car-crash; it is really the mark of the great dark sorcerer Voldemort, who killed Harry's mother and father but mysteriously couldn't kill him, even though he was a baby at the time. Harry is famous among the witches and wizards who live in secret all over the country because Harry's miraculous survival marked Voldemort's downfall.

So Harry, who has never had friends or family worth the name, sets off for a new life in the wizarding world. He takes a trip to London with Hagrid to buy his Hogwarts equipment (robes, wand, cauldron, beginners' draft and potion kit) and shortly afterwards, sets off for Hogwarts from Kings Cross Station (platform nine and three quarters) to follow in his parents' footsteps.

Harry makes friends with Ronald Weasley (sixth in his family to go to Hogwarts and tired of having to use second-hand spellbooks) and Hermione Granger (cleverest girl in the year and the only person in the class to know all the uses of dragon's blood). Together, they have their first lessons in magic - astonomy up on the tallest tower at two in the morning, herbology out in the greenhouses where the mandrakes and wolfsbane are kept, potions down in the dungeons with the loathsome Severus Snape. Harry, Ron and Hermione discover the school's secret passageways, learn how to deal with Peeves the poltergeist and how to tackle an angry mountain troll: best of all, Harry becomes a star player at Quidditch (wizard football played on broomsticks).

What interests Harry and his friends most, though, is why the corridor on the third floor is so heavily guarded. Following up a clue dropped by Hagrid (who, when he is not delivering letters, is Hogwarts' gamekeeper), they discover that the only Philosopher's Stone in existance is being kept at Hogwarts, a stone with powers to give limitless wealth and eternal life. Harry, Ron and Hermione seem to be the only people who have realised that Snape the potions master is planning to steal the stone - and what terrible things it could do in the wrong hands. For the Philospher's Stone is all that is needed to bring Voldemort back to full strength and power... it seems Harry has come to Hogwarts to meet his parents' killer face to face - with no idea how he survived last time...

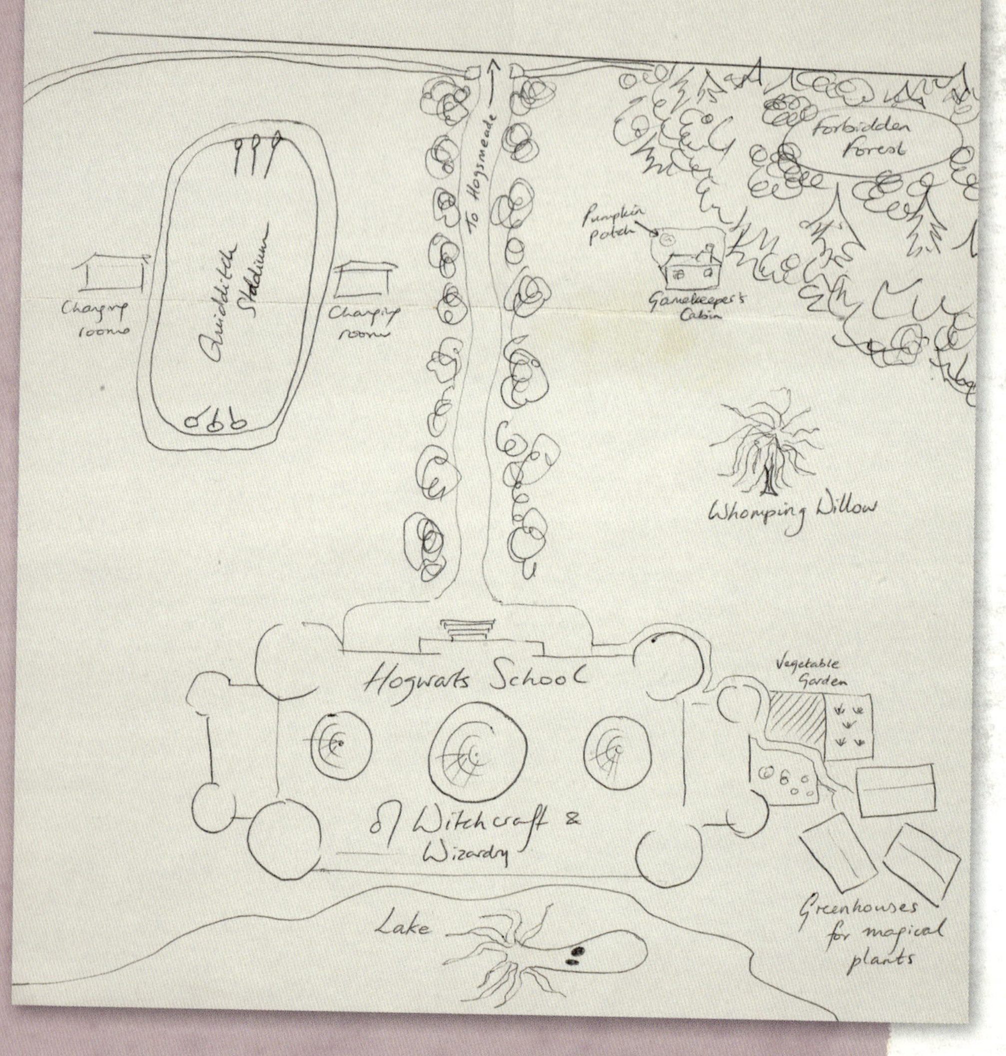

ホグワーツのスケッチ　J.K. ローリング 作

ブルームズベリー社所蔵

ホグワーツのスケッチ

注意書きの付いたこのスケッチは、J.K. ローリングが描いたもので、ホグワーツ魔法魔術学校の配置図です。湖には巨大なイカも生息しています。J.K. ローリングは、編集者にあてて添えたメモに、「これが、私がいつも思い描いていた配置です」と書いています。さまざまな建物や木の配置はすべて、ハリー・ポッターの物語の筋になくてはならないものです。筋と場所は、シリーズを通して深く結び付いています。J.K. ローリングは、「暴れ柳は目立っていなければならない」と配置図に書き込んでいます。これは、暴れ柳が『ハリー・ポッターと秘密の部屋』と『ハリー・ポッターとアズカバンの囚人』で重要な役割を果たすことを意識してのことなのです。

ホグワーツの教授たち

ホグワーツ魔法魔術学校の教授たちは、学校の中心的存在です。アルバス（ラテン語で「白」という意味）・パーシバル・ウルフリック・ブライアン・ダンブルドア教授とミネルバ・マクゴナガル教授はどちらも、ハリー・ポッターの学校生活で重要な役割を果たします。次のページからの肖像画はジム・ケイが描いたもので、ダンブルドアはレモン・キャンデーのようなものが入った袋を持ち、遠くを見つめています。マクゴナガル教授は深緑色の服を着て、髪をひっつめにして束ね、鼻の低い位置にめがねをかけています。

アルバス・ダンブルドア教授の肖像画　ジム・ケイ 作

ブルームズベリー社所蔵

PROF. ALBUS DUMBLEDORE

PROF. MINERVA
McGONAGALL

ハリー・ポッターとダーズリー一家

**プリベット通り４番地の住人
ダーズリー夫妻の自慢はこうだ。
「私たちはどこから見てもまともな人間ですよ。わざわざどうも」。**

『ハリー・ポッターと賢者の石』

ハリー・ポッターが初めて本に登場するのは、プリベット通り４番地に住むおじさんの家の外で、ハグリッド、ダンブルドア教授、マクゴナガル教授が、ハリーの将来について話しているときです。J.K. ローリングによるこの絵は『ハリー・ポッターと賢者の石』が出版される数年前のもので、ありそうにない組み合わせの家族が描かれています。

「昔、自分が空想しているものを目で見るのが楽しくて、よく絵を描いた……登場人物を頭の中に描いたまま、どこへでも持ち歩いていたが、実物をどうしてもこの目で見たくてたまらなかった」

J.K. ローリング（2017 年）

ダーズリー家でのハリーの暮らしはみじめでしたが、この絵ではハリーだけがにっこりしています。ダドリー・ダーズリーはハリーの隣に立ち、腕組みをしています。ペチュニアおばさんとバーノンおじさんは２人の後ろに立ち、ペチュニアおばさんはダドリーの肩をつかんでいます。

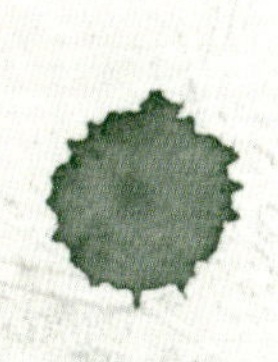

マクゴナガル教授の肖像画　ジム・ケイ 作

ブルームズベリー社所蔵

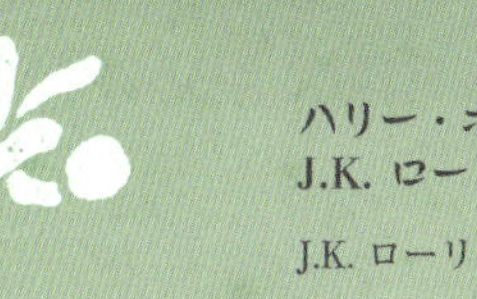

**ハリー・ポッターとダーズリー一家のスケッチ
J.K. ローリング 作（1991 年）**

J.K. ローリング所蔵

ホグワーツ特急

紅色（くれない）の蒸気機関車が、乗客でごったがえすプラットホームに停車していた。ホームの上には「ホグワーツ行特急11時発」と書いてある。

『ハリー・ポッターと賢者の石』

ジム・ケイによるこの絵は、イラスト版の『ハリー・ポッターと賢者の石』の表紙に使われたものです。ジム・ケイは、いろいろな手法を使って絵を制作します。最初は木炭でざっとスケッチするか、鉛筆で細かくデッサンします。その後、油絵の具か水彩絵の具で色をつけていきます。コンピューターを使って色をつけることもあります。

このイラストには、混み合うキングズ・クロス駅の9と3/4番線で、象徴的なホグワーツ特急に生徒が乗り込む様子が描かれています。ハリー・ポッターはガヤガヤと騒がしい景色に囲まれて、荷物を積んだカートとヘドウィグとともに立っています。

ホグワーツ特急は、煙突の上に火を吐く動物の頭部の飾りがあり、ライトが明るく輝いています。一番前には羽の生えた小さな豚の像があります。

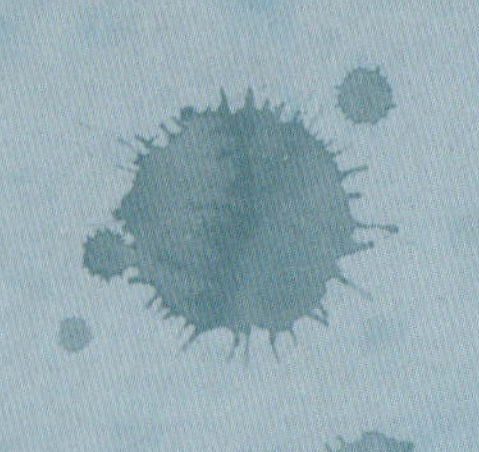

9と3/4番線
ジム・ケイ 作

ブルームズベリー社所蔵

魔法薬学と錬金術

錬金術という古い学問は、『賢者の石』と言われる恐るべき力を持つ伝説の物質を作ることに関わりがある。この『賢者の石』は、いかなる金属をも黄金に変える力があり、また飲めば不老不死になる『命の水』の源でもある。

『ハリー・ポッターと賢者の石』

錬金術を研究する人が普通関心を持っているのは、「賢者の石を見つけること」、「若さを永遠に保つ鍵を見つけること」、「金属の性質を変えて金または銀を作り出す秘密を明らかにすること」の3つです。しかし、錬金術を本当に理解するには、まず魔法薬（妙薬）を作る技法を理解しなければなりません。

スネイプ教授の肖像画
ジム・ケイ 作
ブルームズベリー社所蔵

魔法薬は、何千年も前から作られてきました。「魔法薬」という意味の「ポーション」という英語は、ラテン語の「ポティオ」（「飲む」という意味）から来ています。魔法薬が使われる理由は本当にさまざまでしたが、薬や毒、または麻薬のような薬物として使われることがほとんどでした。必ずしも効き目がある魔法薬が作れるとは限りませんでしたが、それでも人々はあきらめずに魔法薬を作り出そうとしました。折れた骨を治す薬、本当のことを言わせる薬、ほれ薬――何から何まで、魔法の薬を試したのです。

セブルス・スネイプ教授

担当：**魔法薬学**

（のちには闇の魔術に対する防衛術）

外見：スネイプ教授は、ねっとりした黒髪、かぎ鼻、土気色の顔をしていて、目は黒く、冷たくてうつろだと書かれています。

豆知識：忍びの者と呼ばれたムーニー、ワームテール、パッドフット、プロングズは、ホグワーツでスネイプと同期生だったときに、スネイプに「スニベルス（泣きみそ）」というあだ名をつけていました。

謎に包まれた教授

ハリーが低学年のころ、スネイプ教授は「みんなから嫌われている」と書かれていましたが、物語が進むと、見かけは当てにならないものだということがわかってきます。スネイプ自身の過去が明らかになってくると、それまでとは違った人物像が浮かび上がってきます。そして、スネイプの行動を振り返ってみると、印象が変わってきます。

冷血で、毒舌で、自分の寮（スリザリン）の寮生は別として、それ以外のみんなから嫌われているスネイプは、「魔法薬学」を教えていた。

『ハリー・ポッターと秘密の部屋』

PROF.
SEVERUS
SNAPE

魔法薬学の授業

魔法薬学は、ホグワーツのすべての生徒が
取らなければならない必修科目のひとつです。

「スリザリンの連中と一緒に、魔法薬学さ。スネイプはスリザリンの寮監だ。いつもスリザリンをひいきするってみんなが言ってる——本当かどうか今日わかるだろう」とロンが答えた。

『ハリー・ポッターと賢者の石』

この本には、薬学の教師と生徒たちの絵が描かれています。『Ortus Sanitatis』（ラテン語で「健康の庭」という意味）というこの本は、印刷された初の博物学事典で、植物、動物、鳥、魚、石について書かれています。この絵で、薬学の教師は左手に棒を持ち、助手は製法を書いた本を開いて持っています。一部の生徒は、どうも教師にあまり注意を払っていないようです。

ヤコブ・メイデンバッハ著
『ORTUS SANITATIS（健康の庭）』
（ストラスブール　1491年）

大英図書館所蔵

豆知識

この木版画は、手作業で色をつけてあります。木版印刷では、木の板の表面に絵を彫り、そこにインクを塗ります。これを紙に押し付けると、絵が写ります。

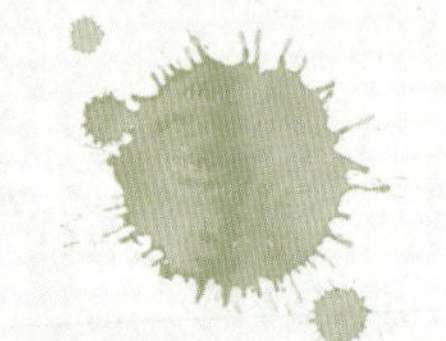

やってみよう

魔法薬作り

魔法薬の作り方を身につけるには数年かかりますが、魔法薬学の授業に一度も出なくても調合してみることができる薬もあります。

うずを巻いてきらめく飲み薬を作るには、コップに入れたレモネードに食用色素（何色でも）を数滴たらし、食用の金色の粉（ケーキのデコレーション用）を少し入れて、よくかきまぜます。少し置いて粉が沈むと、透明な色つきの薬になりますが、かきまぜると金色の粉がぐるぐる舞って、魔法の飲み薬のようになります。

色が変わる薬を作るには、紫キャベツを適当な大きさに切ってボウルに入れます。大人に手伝ってもらって、熱いお湯をキャベツがかぶるくらい入れて15分置いておきます。これをザルでこすと紫色の薬ができます。ここにレモン汁か酢を入れると、色が赤に変わります。重そうを入れると、緑または青に変わります。最初の紫の薬をコップにスプーン1杯入れてレモネードを注ぐと、あっというまに赤くなります。飲んでもキャベツの味は全然しないので、だいじょうぶです。

「我輩が教えるのは、名声を瓶詰めにし、栄光を醸造し、死にさえふたをする方法である――ただし、我輩がこれまでに教えてきたウスノロたちより諸君がまだましであればの話だが」

スネイプ教授／『ハリー・ポッターと賢者の石』

ベゾアール石

「ベゾアール石は山羊の胃から取り出す石で、たいていの薬に対する解毒剤(げどくざい)となる」

スネイプ教授／『ハリー・ポッターと賢者の石』

ベゾアール石は本当に存在する石です。一部の動物の胃の中にあり、消化されなかった繊維がかたまりになったものです。大きさはいろいろですが、普通はニワトリの卵くらいの大きさです。ペルシャ語で「解毒剤」という意味の言葉から来ているベゾアールは、アラビアの医師たちによって中世のヨーロッパに初めて伝えられました。牛や象の胃の中にもありますが、ほとんどのベゾアール石は「ベゾアールヤギ」の胃から取り出したものです。

金線細工の容器に入ったベゾアール石

サイエンス・ミュージアム所蔵

ベゾアール石は、ほとんどの毒に効くと考えられていました。その不思議な性質が本当かどうか疑う人もいましたが、ベゾアール石の人気は18世紀になっても続きました。ローマ法王、王、貴族などの裕福な収集家は、とてつもない大金を費やして最高の石を手に入れようとしました。『A Compleat History of Druggs（薬剤全史）』によると、ベゾアール石の効き目の強さは、どの動物から取ったかによって異なります。

『謎のプリンス』でハリーは、スラグホーン教授の魔法薬学の授業を受けているとき、自分が持っている『上級魔法薬』の本に、次のような指示が書き込んであることに気付きます。

ベゾアール石をのどから押し込むだけ

『ハリー・ポッターと謎のプリンス』

ロンが毒入りのハチミツ酒を飲んでしまったとき、ハリーはその指示のとおりにして、ロンの命を救うことができました。ハリーとロンのときはこれでうまくいきましたが、みなさんは絶対にまねしないでください！

データ

動物

昔は、動物のいろいろな部分を薬の材料として使っていました。そうすればその動物の性質を自分のものにすることができると考えたからです。例えば、透明人間になる薬を作るときには、材料のひとつとして黒猫を使いました。黒い猫は夜にはほとんど見えないので、それを使った薬を飲めば、他の人から見えにくくなると考えたのです。

ピエール・ポメー著
『A Compleat History of Druggs（薬剤全史）』
第2版（ロンドン　1725年）
大英図書館所蔵

薬問屋の看板

「……ユニコーンを殺すなんて非情きわまりないことなんです。これ以上失うものが何もなく、しかも殺すことで自分の命の利益になる者だけが、そのような罪を犯す。ユニコーンの血は、たとえ死のふちにいるときだって、命を長らえさせてくれる。でも恐ろしい代償を払わなければならない」

フィレンツェ／『ハリー・ポッターと賢者の石』

ユニコーン（一角獣）の血、たてがみ、角は、薬として強力な効き目があると、昔から考えられてきました。これらは珍しくて貴重なものだったため、人々は大金を払って手に入れようとしました。この薬問屋の看板は18世紀のもので、珍重されていたユニコーンの像を使っています。そのころは字が読めない人が多かったので、物の形をまねて作った像や絵を使って、どんな店かを表していました。

この看板は、オークの木を彫ってユニコーンの頭部を作り、本物のキバで作った角がつけてあり、貴重で珍しい薬があるということを、目に見える形で分かりやすく客に伝えています。もちろん、角は本物のユニコーンの角ではなく（本物なんてことはありえません！）、実はクジラの仲間のイッカクのキバを使って作ったものです。「海のユニコーン」と呼ばれるイッカクのキバは、外見や質感がユニコーンの角に似ていることから珍重されていました。このため、イッカクはキバを求めて捕獲され、キバがユニコーンの角として売られることがよくありました。

データ

薬問屋とは

薬問屋（薬局）や薬剤師を意味する英語の「アポセカリー」は、昔から、薬を調合して売る人のことを指して使われてきました。薬の材料となる薬草や化学物質の研究は、現代科学への道を開き、現在ではこのような仕事をする人々は、「ファーマシスト（薬剤師）」または「ケミスト（化学者）」と呼ばれています。

豆知識

イッカクになぜこのようなキバがあるのかは最近までよくわかっていませんでしたが、新しい研究によって、キバが感覚器官だということがわかってきました。イッカクは、キバを使って周りの変化を感じ取り、そばに食べ物があることや他のクジラがいることを知るのです。

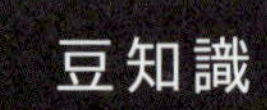

ユニコーンの頭部の形をした薬局の看板（18世紀）

サイエンス・ミュージアム所蔵

魔法薬の瓶

イラスト版『ハリー・ポッターと賢者の石』用にジム・ケイが制作したこの絵には、魔法薬の瓶が細部まで美しく描かれ、瓶はどれも生き生きとしています。この不思議な瓶には、何が入っているのでしょうか？ 骨を再生させるスケレ・グロ？ 幸運をもたらすフェリックス・フェリシス？ もしかしたら、飲むと他の人に変身できるポリジュース薬かも……

魔法薬の瓶　ジム・ケイ 作
ブルームズベリー社所蔵

薄暗がりの壁の棚の上には、
大きなガラス容器が並べられ、今のハリー
には名前を知りたくもないような、
気色の悪いものがいろいろ浮いていた。

『ハリー・ポッターと秘密の部屋』

バタシーの大鍋

すぐそばの店の外に積み上げられた大鍋に、陽の光がキラキラと反射している。上には看板がぶら下がっている。
「鍋屋……大小いろいろあります。銅、真ちゅう、スズ、銀、自動かき混ぜ鍋、折りたたみ式」

『ハリー・ポッターと賢者の石』

大鍋は、魔術と結び付きがあると考えられている物のなかでも特によく知られています。いろいろな形や大きさがあったようで、薬を作るなど、さまざまな目的で使われました。

この大鍋はおよそ3千年前のもので、7枚の青銅板をつなげ、縁に持ち手を2つ留めて作られています。作られてから2千年以上たって、テムズ川で発見されました。

魔女がこの大鍋を使ったかどうかは、はっきりわかりませんが、手間ひまをかけた美しい作りなので、これを持っていた人はとても裕福だったのでしょう。

バタシーの大鍋（紀元前800～600年ごろ）
大英博物館所蔵

ネビルが、どういうわけかシェーマスの大鍋を溶かして、ねじれた小さな塊にしてしまい、こぼれた薬が石の床を伝って広がり、生徒たちの靴に焼けこげ穴を空けていた。

『ハリー・ポッターと賢者の石』

Ulricus. Dico q̄ nō possunt. nisi quādo ⁊ q̄bus ac ingntum
a deo ex causa maiestatē suā mouente eisdem ꝯceditur Sigis
mundus. Super quo fundas hanc ꝯclusionē Ulricus. Tu
per prius deductis. Insup Johānes damascenus libro scd̄o ait
Non habent demones virtutes aduersus aliquē nisi a deo dis
pensante ꝯcedatur. sicut in Job patuit. ⁊ etiā in porcis quos di
uina ꝑmissione submerserunt in mari. vt ptz in euangelio Etiā
habent potestatem transformādi seu transfigurādi se in quācūqz
volunt figurā ſm ymaginē. i. ſm fantasiam. Item Gregorius
in dyalogo libro tercio ait. Absqz omnipotentis dei concessio
c i.

ウルリヒ・モリトール著『De laniis et phitonicis mulieribus... tractatus pulcherrimus（魔女と女預言者について）』（ケルン　1489年）

大英博物館所蔵

魔女と大鍋

煙を上げる大鍋を魔女が囲んでいるというイメージは、何世紀も前からあるものですが、魔女と大鍋の結び付きが実際に印刷物に登場するようになったのは、1489年になってからのことです。ウルリヒ・モリトールが書いた『魔女と女予言者について』には、魔女を大鍋とともに描いた絵が史上初めて印刷されました。この絵では、２人の老女が燃え立つ大きな鍋にヘビと若いおんどりを入れて、ひょうを伴う嵐を呼び出そうとしている様子が描かれています。この本はとても広く複製され、魔女はこういう行動をするものだというイメージを人々に植え付けました。

大鍋が魔法薬を入れるだけのものではなく、それ自体が魔力を持っているという物語もあります。

J.K. ローリングが書いた『吟遊詩人ビードルの物語』に入っている「魔法使いとポンポン跳ぶポット」は、病気のマグルを魔法で助けることを拒む、わがままな魔法使いの物語です。この魔法使いが持っているポットは魔法の大鍋で、足を１本生やして魔法使いのそばで跳び回り、いろいろなところにぶつかってガランガラン、バンバンと大きな音を立てました。とうとう魔法使いは降参し、マグルを助けることにしました。すると、ポットはすぐにおとなしく静かになりました。

病や悲しみを抱えたすべての家で、息子の魔法使いは全力を尽くしました。つきまとっていたポットはだんだんおとなしくなり、うめいたり吐いたりするのをやめて、つるつるのピカピカになりました。

『吟遊詩人ビードルの物語』

『ハリー・ポッターと謎のプリンス』の編集原稿

スラグホーン教授は、ハリーが６年生のときにホグワーツに来て、魔法薬学教師の職を引き継ぎます。『ハリー・ポッターと謎のプリンス』のこの２枚の原稿には、J.K. ローリングと編集者の書き込みがあります。

１枚目は、スラグホーン教授が初めて魔法薬学の授業をする場面の原稿です。教授が魔法薬をいくつか生徒に見せると、ハーマイオニーは楽々と薬の名前を当ててみせます。星印は、ページの下にある手書きの文章（ハーマイオニーが自分の好きなにおいについて話す部分）をそこに入れることを表しています。

いつも挙げ慣れているハーマイオニーの手が、まっ先に天を突いた。スラグホーンはハーマイオニーを指した。

「『真実薬（ベリタセラム）』です。無色無臭で、飲んだ者に無理やり真実を話させます」ハーマイオニーが答えた。

『ハリー・ポッターと謎のプリンス』

'It's Veritaserum, a colourless, odourless potion that forces the drinker to tell the truth,' said Hermione.

'Very good, very good!' said Slughorn, beaming at her. 'Now, this one here is pretty well-known… featured in a few Ministry leaflets lately, too… who can -?'

he continues pointing at the cauldron nearest the Ravenclaw table

Hermione's hand was fastest once more.

'It's Polyjuice Potion, sir,' she said.

Harry, too, had recognised the slow-bubbling, mud-like substance in the second cauldron, but did not resent Hermione getting the credit for answering the question; she, after all, was the one who had succeeded in making it, back in their second year.

'Excellent, excellent! Now, this one here… yes, my dear?' said Slughorn, now looking slightly bemused, as Hermione's hand punched the air again.

'It's Amortentia!'

'It is indeed. It seems almost foolish to ask,' said Slughorn, who was looking mightily impressed, 'but I assume you know what it does?'

'It's the most powerful love potion in the world!' said Hermione.

'Quite right! You recognised it, I suppose, by its distinctive mother-of-pearl sheen?'

'And the steam rising in characteristic spirals,' said Hermione. *

'May I ask your name, my dear?' said Slughorn, ignoring these signs of embarrassment.

'Hermione Granger, sir.'

'Granger? Granger? Can you possibly be related to Hector Dagworth-Granger, who founded the Most Extraordinary Society of Potioneers?'

'No, I don't think so, sir. I'm Muggle-born, you see.'

* 'and it's supposed to smell differently to each of us, according to what attracts us, and I can smell freshly-mown grass and new parchment and –' But she turned slightly pink and did not complete the sentence

175

'How many times have we been through this?' she said wearily. 'There's a big difference between needing to use the room and wanting to see what Malfoy needs it for –'

'Harry might need the same thing as Malfoy and not know he needs it!' said Ron. 'Harry, if you took a bit of Felix, you might suddenly feel the same need as Malfoy –'

'Harry, don't go wasting the rest of that Potion! You'll need all the luck you can get if Dumbledore takes you along with him to destroy a,' she dropped her voice to a whisper, 'horcrux – so you just stop encouraging him to take a slug of Felix every time he wants something!' she added sternly to Ron.

'Couldn't we make some more?' Ron asked Harry, ignoring Hermione. 'It'd be great to have a stock of it… have a look in the book…'

Harry pulled his copy of *Advanced Potion-Making* out of his bag and looked up *Felix Felicis*.

'Blimey, it's seriously complicated,' he said, running an eye down the list of ingredients. 'And it takes six months… you've got to let it stew…'

'Dammit,' said Ron.

Harry was about to put his book away again when he noticed that the corner of a page turned down; turning to it, he saw the 'Sectumsempra' spell, captioned 'for Enemies,' that he had marked a few weeks previously. He had still not found out what it did, mainly because he did not want to test it around Hermione, but he was considering trying it out on McLaggen next time he came up behind him unawares.

The only person who was not particularly pleased to see Katie Bell back at school was Dean Thomas, because he would no longer be required to fill her place as Chaser. He took the blow stoically enough when Harry told him, merely grunting and

495

この原稿で、ハリーは自分が持っている『上級魔法薬』の本を調べ、謎のプリンスが書き込んだ呪文「セクタムセンプラ」を目にします。そして、後になって初めて、知らない呪文を使うことの恐ろしさに気付きます。

ハリーが本を元に戻そうとしたそのとき、ページの端が折れているのに気づいた。そこを開けると、ハリーが数週間前に印をつけた、セクタムセンプラの呪文が見えた。「敵に対して」と見出しがついている。

『ハリー・ポッターと謎のプリンス』

J.K. ローリングと編集者が添削した『ハリー・ポッターと謎のプリンス』の原稿（2007～2009年ごろ）

ブルームズベリー社所蔵

錬金術師 ニコラス・フラメル

ホグワーツ１年生のハリー、ハーマイオニー、ロンは、ニコラス・フラメルについて、できるだけたくさんのことを調べようと、長い時間を費やします。がんばったかいがあって、３人はついに、フラメルが賢者の石の創造に成功した唯一の者であることをつきとめました。

「賢者の石」については何世紀にもわたって多くの報告がなされてきたが、現存する唯一の石は著名な錬金術師であり、オペラ愛好家であるニコラス・フラメル氏が所有している。フラメル氏は昨年665歳の誕生日を迎え、デボン州でペレネレ夫人（658歳）と静かに暮らしている。

『ハリー・ポッターと賢者の石』

ニコラス・フラメルは実在した人物で、かつては錬金術師だと考えられていましたが、本当に賢者の石を作ったわけではありません。フラメルは実は地主で、本屋だったと書いてある資料もあります。フラメルはパリで暮らし、1418年に亡くなりました。この絵は、ニコラスと妻のペレネレが制作を依頼した聖嬰児記念碑を描いたもので、２人が一番上の聖人たちの横で祈りを捧げています。

ニコラス・フラメルとその妻の伝記に描かれた水彩画（フランス　18世紀）

大英図書館所蔵

フラメルの墓

実在したニコラス・フラメルは、パリのサン・ジャック・ド・ラ・ブシュリー教会に埋葬されました。その墓に建てられたのが、この小さな中世の墓石です。墓石は高さ58センチメートルで、フランス語の文章が刻まれています。墓石の一番上には、キリストと、隣に聖ペテロと聖パウロ、そして太陽と月が描かれています。文章の下には、亡くなったフラメルの姿が描かれています。

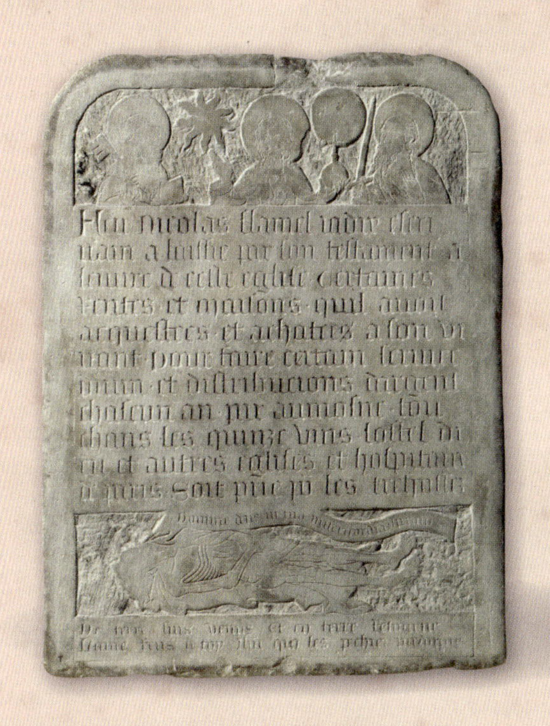

ニコラス・フラメルの墓石
（パリ　15世紀）

国立中世美術館所蔵

「……死とは長い一日の終わりに眠りにつくようなものだ。結局、きちんと整理された心を持つ者にとっては、死は次の大いなる冒険にすぎないのじゃ」

ダンブルドア／『ハリー・ポッターと賢者の石』

クィレルと賢者の石

これは『ハリー・ポッターと賢者の石』第 17 章の初期の原稿で、J.K. ローリングが手で書いたものです。この原稿に書かれた会話のほとんどは、出版された本の文章と同じですが、ここではハリーがこんな大胆なセリフを言います。

「あなたはまだ石を手に入れていない……ダンブルドア先生がもうすぐここに来る。先生が来たら、そうはさせない」

ハリーとクィレルの対決は、編集の過程で組み立て直され、その結果、このセリフは削除されました。

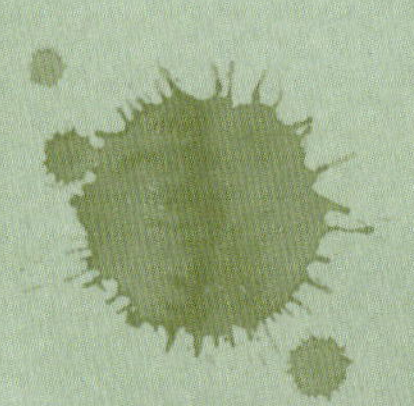

Chapter Seventeen

The Man with Two Faces.

It was Quirrell.

"You!" said Harry.

Quirrell smiled, and his face wasn't twitching at all.

"Me," he said calmly.

"But I thought – Snape –"

"Severus?" Quirrell laughed and it wasn't his usual quivering treble either, but cold and sharp. "Yes, Severus does seem the type, doesn't he? So useful to have him swooping around like an overgrown bat. Next to him, who would suspect me? P – p – poor st – st – stuttering P – P – Professor Quirrell."

"But he tried to kill me –"

"No, no, no," said Quirrell. "I was trying to kill you. Your friend Miss Granger accidentally knocked me over as she rushed to set fire to Snape. It broke my eye contact with you. Another few seconds and I'd have got you off that broom. I'd have managed it before then if Snape hadn't been muttering a counter-curse, trying to save you."

"He was trying to save me?"

"Of course," said Quirrell coolly. "Why do you think he wanted to referee your next match? He was trying to make sure I didn't do it again. Funny, really... he needn't have bothered. I couldn't do anything with Dumbledore watching. All the other teachers thought Snape was trying to stop Gryffindor winning, he did make a fool of himself... ~~and he needn't have bothered~~ and what a waste of time, when ~~in the end~~ after all that, I'm going to kill you tonight."

Quirrell snapped his fingers. Ropes sprang out of thin air and wrapped themselves tightly around Harry.

"Now, you wait there, Potter, while I examine this interesting mirror –"

It was only then that Harry realised what was standing behind Quirrell. It was the Mirror of Erised.

"You haven't got the stone yet –" said Harry desperately. "Dumbledore will be here soon, he'll stop you –"

"For someone who's about to die, you're very talkative, Potter," said Quirrell, feeling his way around the Mirror's frame. "This mirror is the key to finding the stone, it won't take me long – and Dumbledore's in London, I'll be gone far away by the time he gets here –"

All Harry could think of was to keep Quirrell talking.

"That troll at Hallowe'en –"

"Yes, I let it in. I was hoping some foolhardy student would get themselves killed by it, to give me time to ~~get to~~ the stone. Unfortunately, Snape found out. I think see what was guarding

that ghost with ~~his head hanging off~~ the loose head tipped
him off. Snape came straight to the third floor corridor to
head me off ... and you didn't get killed by the troll!
That was why I tried to finish you at the Quidditch
match — but blow me if I didn't fail again."

Quirrell rapped the Mirror of Erised impatiently.
"Dratted thing ... trust Dumbledore to come up with
something like this ..." He stared hungrily into the mirror. "I see the
stone," he said. "I'm presenting it to my Master ... but where
is it?"

He went back to feeling his way around the mirror.
~~A sudden thought struck~~ Harry's mind was racing.

B "What I want more than anything else in the world, at this moment,"
he thought, "is to find the stone before Quirrell does. So if I
look in the mirror, I should see myself finding it — which
means I'll see where it's hidden. But how can I look
without him realising what I'm up to? I've got to play for
time..."

"I saw you and Snape in the forest," he blurted out.
"Yes," said Quirrell idly, walking around the mirror to
look at the back. "He was onto me. Trying to find out
how far I'd got. He suspected me all along. Tried to
frighten me — as though he could scare me, when I had
Lord Voldemort ~~behind me~~ on my side."

"But Snape always seemed to hate me so much —"
"Oh, he does," Quirrell said casually. "Heavens, yes.
He was at ~~school~~ Hogwarts with your father, didn't you
know? They loathed each other. But he didn't
want you _dead_."

"And that warning burned into my bed —"
"Yes, that was me," said Quirrell, now feeling the
Mirror's clawed feet. "I heard you and Weasley in my class,
talking about Philosopher's Stones. I ~~thought~~ thought you
might try and interfere. Pity you didn't heed my
warning, isn't it? Curiosity has led you to your doom, Potter."

"But I heard you a few days ago, sobbing —
I thought Snape was threatening you —"

For the first time, a spasm of fear flitted across
Quirrell's face.
"Sometimes —" he said, "I find it hard to follow my
Master's instructions — he is a great man and I am weak —"
"You mean he was there in the classroom with you?"
Harry gasped.
"He is with me wherever I go," said Quirrell softly.
"I met with him when I travelled round the world, a
foolish young man, full of ridiculous ideas about good and evil.
Lord Voldemort showed me how wrong I was. There is no
good and evil. There is only power, and those too
weak to seek it... Since then, I have served him faithfully,
though I have let him down many times. He has had to be very
hard on me." Quirrell shuddered suddenly. "He does not
forgive mistakes easily. When I failed to steal the stone from

『ハリー・ポッターと賢者の石』
第17章の手書き原稿
J.K. ローリング 作

J.K. ローリング所蔵

フラッフィーとの遭遇

J.K. ローリングが描いたこの原画は、ネビル、ロン、ハリー、ハーマイオニー、「ゲイリー」（のちに名前が「ディーン」に変わり、この場面からは削除された）が、賢者の石を守っている巨大な三頭犬と出くわす場面を描いています。

J.K. ローリングは、ネビルのウサギ模様のパジャマ、ロンのそばかす、ハーマイオニーの大きな前歯など、それぞれの人物像を強調する特徴を描き込んでいます。J.K. ローリングが最初にイメージしていたそれぞれの登場人物の特徴がよく描かれていて、とてもおもしろい絵です。

４人が真正面に見たのは、怪獣のような犬の目だった。床から天井までの空間全部がその犬で埋まっている。頭が３つ。血走った３組のギョロ目。３つの鼻がそれぞれの方向にヒクヒク、ピクピクしている。３つの口から黄色い牙をむき出し、その間からヌメヌメとした縄のように、ダラリとよだれが垂れ下がっていた。

『ハリー・ポッターと賢者の石』

ハリーと友人のペン画
J. K. ローリング 作（1991 年）

J.K. ローリング所蔵

豆知識

この場面は初めは第７章「ドラコの決闘」に入る予定でしたが、編集の過程で第９章となり、「真夜中の決闘」という題名に変わりました。

ケルベロス

ケルベロスは、古代の伝説にたくさん登場します。ギリシャ神話に登場するケルベロスは、3つの頭を持つ巨大な犬で、死後の世界の門を守っています。

エドワード・バーン＝ジョーンズ（1833～1898年）によるこの木版画は、ウィリアム・モリスの著書『The Earthly Paradise（地上の楽園）』の挿絵として使うために制作されたものです。この絵が使われている物語では、プシュケーという人物が使者として死後の世界に送られます。プシュケーは、ハチミツ入りのケーキを使って、恐ろしいケルベロスの気をそらしました。

エドワード・バーン＝ジョーンズとウィリアム・モリス 作
「Psyche throwing the honey cakes to Cerberus（ケルベロスにハチミツケーキを投げるプシュケー）」（1880年ごろ）

バーミンガム美術館所蔵

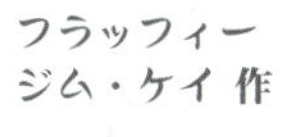

フラッフィー
ジム・ケイ 作

ブルームズベリー社所蔵

リプリー・スクロール

リプリー・スクロールは、錬金術について書かれた神秘的な巻物です。巻物には、うっとりする美しい挿絵がいっぱいに描かれ、「エリクサー（命の水）についての詩」と呼ばれる文章が書いてあります。この詩は、賢者の石の作り方を説明しています。

「リプリー・スクロール」という名前は、ジョージ・リプリー（1490年ごろ没）にちなんだものです。リプリーは錬金術を学び、賢者の石の作り方についての本を書いたと伝えられています。この本は、『The Compound of Alchymy（錬金術集成）』として知られています。巻物にはドラゴン、ヒキガエルなどが描かれ、翼を広げた鳥の絵には、「私の名前は『ヘルメスの鳥』。自分の翼を食べて不具にする」という説明が書かれています。

「よいか、『石』はそんなにすばらしいものではないのじゃ。お金と命が止めどなく欲しいだなんて！ 大方の人間が何よりもまずこの２つを選んでしまうじゃろう……困ったことに、どういうわけか人間は、自らにとって最悪のものを欲しがるくせがあるようじゃ」

ダンブルドア教授／『ハリー・ポッターと賢者の石』

豆知識

この巻物の長さはおよそ6メートルで、これはなんとキリンの背の高さと同じくらいです。あまりにも長いので、2017年の「ハリー・ポッター　魔法の歴史展」より前には、現代の人々が知るかぎりではめったに広げられることはありませんでした。

リプリー・スクロール
（イングランド　16世紀）

大英図書館所蔵

リプリー・スクロールの一部

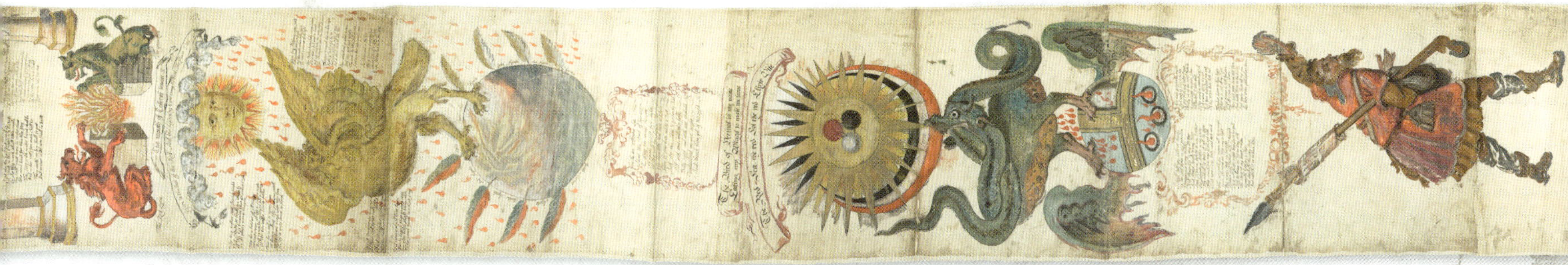

薬草学

週３回、ずんぐりした小柄なスプラウト先生と城の裏にある温室に行き、「薬草学」を学んだ。不思議な植物やきのこの育て方、それらがどんな用途に使われるかなどを勉強した。

『ハリー・ポッターと賢者の石』

薬草学は、何千年にもわたって植物で病気を治すのに役立ってきた、すばらしい大事な学問です。人々は、薬として役立つ植物を発見し、健康を高めるために、薬草学の研究をしてきました。

薬草学は、ホグワーツの生徒が全員勉強しなければならない主要科目です。薬草学の授業では、植物の世話のしかたや、植物の不思議な性質、使い道などについて学びます。魔法界には、魔術の材料としていろいろな使い道がある植物が無数にあり、魔法薬の材料にもなっています。学校に行き始めたばかりの魔法使いにとって、マンドレイク、ブボチューバー（はれ草）、えら昆布などについて学ぶことは、とても大切です。

ポモーナ・スプラウト教授

担当：薬草学

外見：スプラウト教授は、ずんぐりした小さな魔女で、白髪まじりの髪の毛がふわふわ風になびき、服はほとんどいつも泥だらけだと書かれています。

豆知識：ハリーとロンがホグワーツ２年生のときに、ウィーズリー氏の旧式のフォード・アングリアで暴れ柳に突っ込んだあと、スプラウト教授は暴れ柳の治療を任されました。

データ

薬になる植物

現代の薬には、植物を使ったものがたくさんあります。心臓病の治療に使われるジゴキシンは、初めはジギタリスという植物から作られていました。痛み止めのモルヒネとコデインは、どちらもケシが原料です。キナという木に含まれるキニーネは、今でもマラリアの治療に使われています。アスピリンは、ヤナギの木の皮に含まれるサリシンという化学物質がもとになっています。

豆知識

イラクサで皮膚がかぶれたら、ギシギシの葉をこすりつけると痛みがやわらぎます。これは、ギシギシの葉に含まれる物質が、痛みを引き起こすイラクサの物質に反応するためだと考えられていましたが、実は、ギシギシの汁がひんやりしているために、痛みが楽になるというだけのことです。

ポモーナ・スプラウト教授の肖像画　ジム・ケイ 作

ブルームズベリー社所蔵

スプラウト教授

『ハリー・ポッターと賢者の石』が出版される７年前にJ.K.ローリングが手描きしたこの絵で、スプラウト教授は、薬草学の授業で学ぶ植物に囲まれています。頭には魔女の帽子をかぶり、帽子のてっぺんからはクモがぶら下がっています。

描かれている植物をよく見ると、変わった特徴を持つものがあることがわかります。植木鉢から巻きひげが広がっていますが、これは、つかむ物をこっそり探している毒触手草（どくしょくしゅそう）なのでしょうか？

「……『毒触手草』に気をつけること。歯が生えてきている最中ですから」先生は話しながら、トゲだらけの赤黒い植物をピシャリとたたいた。するとその植物は、先生の肩の上にそろそろと伸ばしていた長い触手を引っ込めた。

スプラウト教授／『ハリー・ポッターと秘密の部屋』

ポモーナ・スプラウト教授のペン画
J. K. ローリング 作
（1990年12月30日）

J.K. ローリング所蔵

データ

動く植物

植物は動きますが、ほとんどはとてもゆっくり動くため、目につきません。しかし、数は少ないですが、速く動く植物もあります。ハエトリソウは、特別な２枚の葉を本のようにパッと閉じて、虫をはさんでつかまえます。ハエトリソウはとても敏感で、さわったり息を吹きかけたりすると、繊細な葉がすばやく閉じて下を向きます。

マンドレイクの根

マンドレイクはたいていの解毒剤の主成分になります。しかし、危険な面もあります。誰かその理由が言える人は？」
ハーマイオニーの手が勢いよく挙がった拍子に、危うくハリーのメガネを引っかけそうになった。「マンドレイクの泣き声は、それを聞いた者にとって命取りになります」
よどみない答えだ。

スプラウト教授とハーマイオニー／『ハリー・ポッターと秘密の部屋』

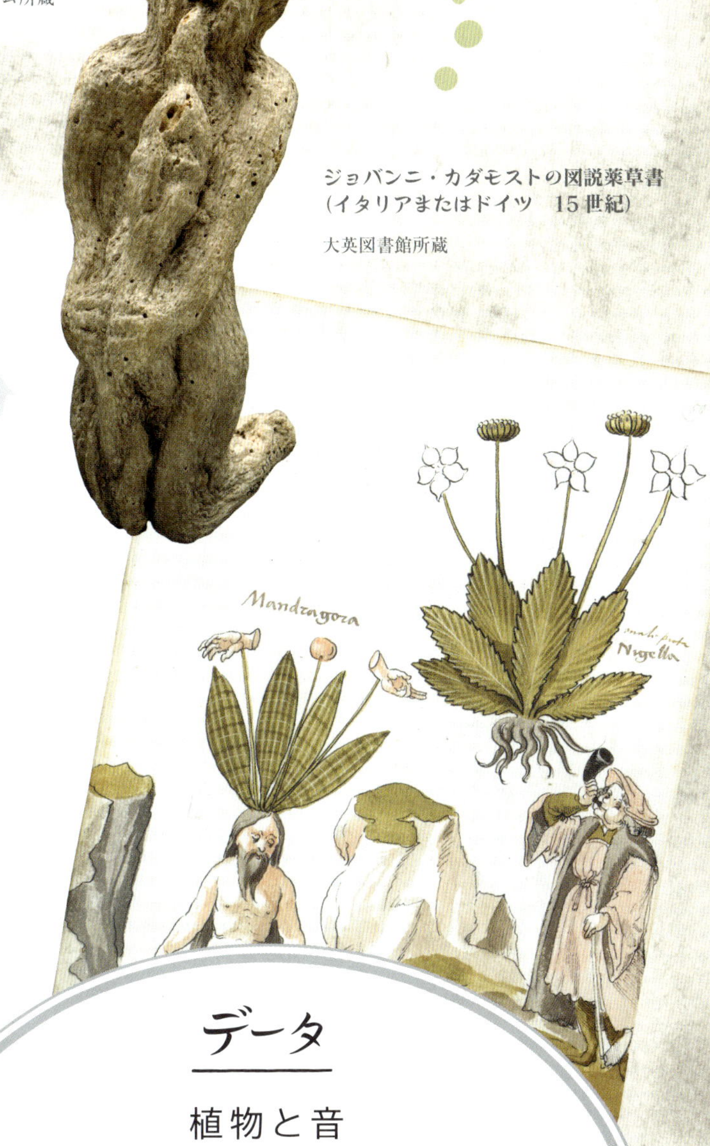

本物のマンドレイクの根
（イングランド　16 世紀または 17 世紀）

サイエンス・ミュージアム所蔵

ジョバンニ・カダモストの図説薬草書
（イタリアまたはドイツ　15 世紀）

大英図書館所蔵

マンドレイクは実在する植物で、根は本当に人間のような形をしています。このためマンドレイクは、さまざまな文化圏で、特別な力を持っていると考えられてきました。中世の薬草書ではマンドレイク（マンドラゴラ）が薬として優れた力を秘めているとされ、人々は、マンドレイクが頭痛や耳の痛み、精神異常などに特に効くと考えていました。

しかし、マンドレイクの根は掘り出すと悲鳴を上げ、それを聞いた者は気が狂うと言われていました。マンドレイクを安全に収穫する一番いい方法として人々が考えたのは、象牙の棒で根を掘ることです。そして、ひもの端をマンドレイクに取り付け、もう一方の端を犬に取り付けます。次に、角笛を鳴らす（角笛の音でマンドレイクの悲鳴が聞こえなくなる）か、肉で気を引いて、犬を呼び寄せます。犬が動くと、マンドレイクが犬に引っぱられ、収穫することができます。

マンドレイクは本当に泣くわけではありませんが、それでも危険です。葉には毒があり、幻覚を引き起こします。

データ

植物と音

実際に音を出すことができる植物はありませんが、音を聞くことができると思われる植物はあります。イモムシがムシャムシャ食べる音を録音して、いろいろな植物に聞かせると、植物は、イモムシが食べるといやがる物質を出して、食べられるのを防ぐということが、最近の研究でわかっています。

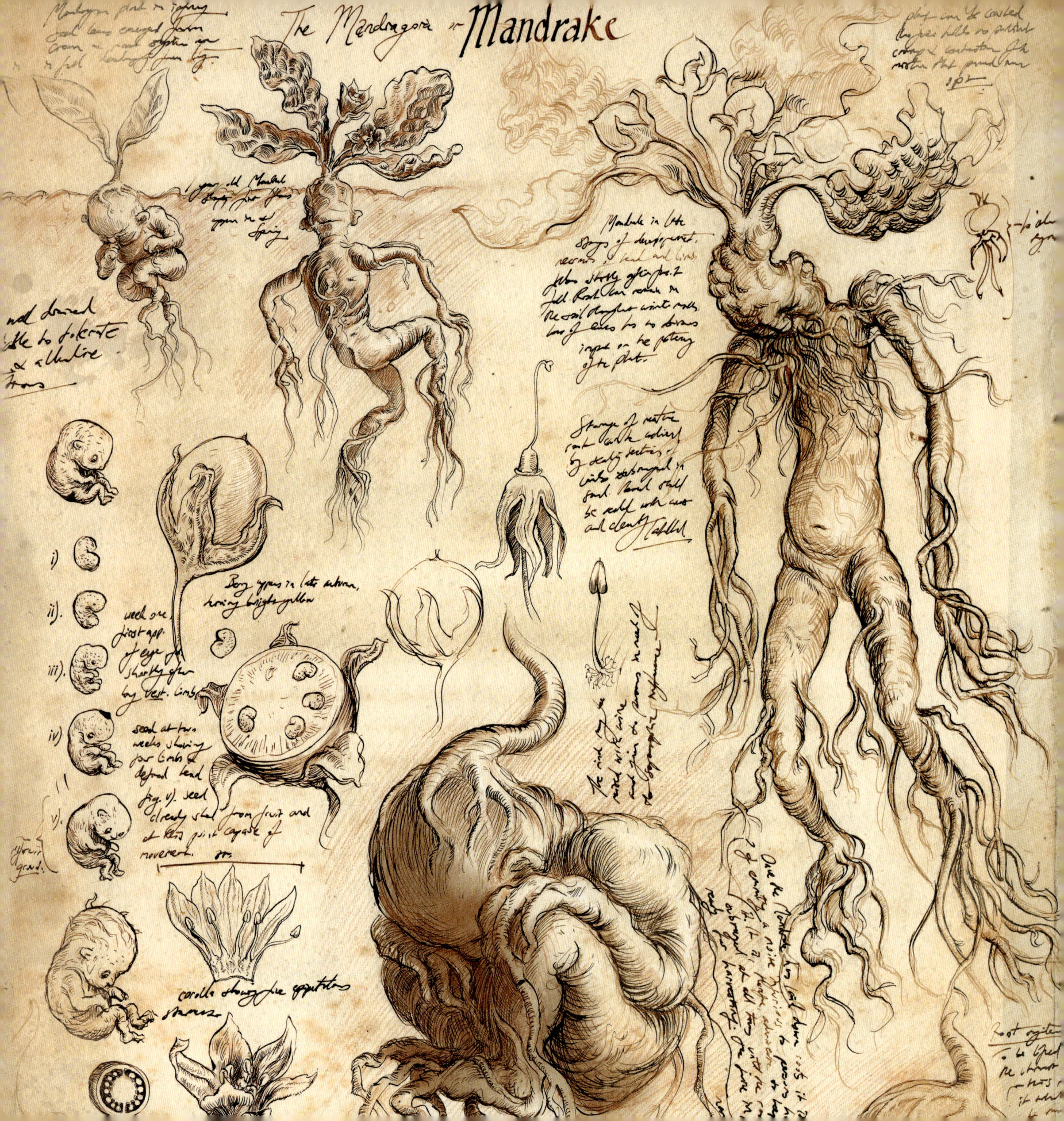
The Mandragora or Mandrake

マンドレイクのスケッチ

土の中から出てきたのは、植物の根ではなく、小さな、泥んこの、ひどくみにくい男の赤ん坊だった。葉っぱはその頭から生えている。肌は薄緑色でまだらになっている。赤ん坊は声のかぎりに泣きわめいている様子だった。

『ハリー・ポッターと秘密の部屋』

ジム・ケイによるこの絵には、十分に成長した大人のマンドレイクと赤ん坊のマンドレイクが隣り合わせに描かれています。大人のマンドレイクは、根が継ぎ目なく体と一体化し、頭からは葉が生えています。また、葉の間から実が生えていることから、十分に成熟していて繁殖できることがわかります。この絵は、実物を写生したように見えます。ジム・ケイはキュー王立植物園でキュレーターを務めていたことがあり、この絵も、たいていの植物学専門図書館にある植物の自然研究書を参考にしています。

マンドレイクのスケッチ　ジム・ケイ 作

ブルームズベリー社所蔵

やってみよう

色が変わる花

色を変えるトリックを使って、花に魔法をかけましょう！ まず、白い花（カーネーションがいいでしょう）と食用色素（何色でも）を用意します。

コップに半分くらい水を入れて、水が濃い色になるまで食用色素を入れます。次に大人に手伝ってもらって、花の茎を下から数センチメートル切り落とし、切った花を色水が入ったコップにさします。すると、時間がたつにつれて、花の色が変わってきます。色水につけている時間が長ければ長いほど花びらに濃い色がつきます。

２色の花を作るには、まず、白い花の茎を縦に２つに切ります（大人にやってもらいましょう）。花を切ってしまわないように気をつけてください。２つに分けた茎を、違う色の食用色素を入れた２つのコップにそれぞれさします。すると、花がだんだん２色になってきます。

マンドレイクのオスとメス

ペダニウス・ディオスコリデス（西暦90年ごろ没）は、ギリシャの植物学者・薬理学者でした。ディオスコリデスは、マンドレイクのオスとメスを最初に区別した著述家のひとりですが、マンドレイクにオスとメスはありません。実は、地中海沿岸地域原産のマンドレイクの種類が複数あるため、誤ってこのような区別をしてしまったのです。

薬草書

人々は、けがや病気を治す不思議な性質を求めて、たくさんの植物を世界中で研究してきました。薬草書は植物について書いた本で、植物の見かけや性質のほか、それを使ったぬり薬や飲み薬の作り方について説明してあります。ハリー・ポッターの本に出てくる薬草や魔法薬の不思議な名前には、植物に関する昔の研究と関係があると思われるものが多くあります。世界には無数の種類の植物があふれていますが、時間をかけてそれを調べた人々の成果が、ハリー・ポッターにつながっているのです。

カルペパーの薬草大全

ニコラス・カルペパー（1616～1654年）が書いたこの本は『Culpeper's Herbal（カルペパーの薬草書）』として広く知られ、1652年に『The English Physician（英語で書かれた療法）』という題で初めて出版されました。その後、100以上の版が出て、北米で出版された初の医学書となりました。

カルペパーは、この本が誰でも読めるようにするため、昔から使われてきたラテン語でなく、英語で文章を書きました。この薬草書にはイギリス原産の薬草がずらりと並び、それぞれがどの病気に効くかが書かれています。また、最も効果的な治療方法と、どのようなときにそれを行うかも示しています。

J.K. ローリングは、ハリー・ポッターシリーズを書くために情報を集めていたときに、カルペパーの本を参考にしました。

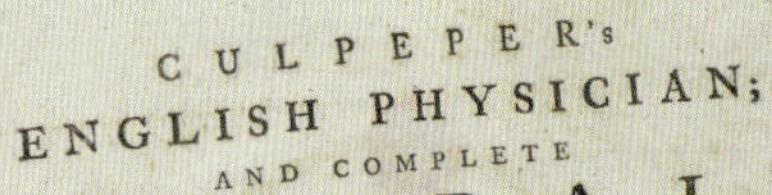

CULPEPER's
ENGLISH PHYSICIAN;
AND COMPLETE
HERBAL.
TO WHICH ARE NOW FIRST ADDED,
Upwards of One Hundred additional HERBS,
WITH A DISPLAY OF THEIR
MEDICINAL AND OCCULT PROPERTIES,
PHYSICALLY APPLIED TO
The CURE of all DISORDERS incident to MANKIND.
TO WHICH ARE ANNEXED,
RULES for Compounding MEDICINE according to the True SYSTEM of NATURE:
FORMING A COMPLETE
FAMILY DISPENSATORY,
And Natural SYSTEM of PHYSIC.
BEAUTIFIED AND ENRICHED WITH
ENGRAVINGS of upwards of Four Hundred and Fifty different PLANTS,
And a SET of ANATOMICAL FIGURES.
ILLUSTRATED WITH NOTES AND OBSERVATIONS,
CRITICAL AND EXPLANATORY.
By E. SIBLY, Fellow of the Harmonic Philosophical Society at PARIS; and Author of the Complete ILLUSTRATION of ASTROLOGY.
HAPPY THE MAN, WHO STUDYING NATURE'S LAWS, THROUGH KNOWN EFFECTS CAN TRACE THE SECRET CAUSE. DRYDEN.
LONDON:
PRINTED FOR THE PROPRIETORS, AND SOLD BY GREEN AND CO. 176, STRAND.
MDCCLXXXIX.

『Culpeper's The English Physician; and Complete Herbal（カルペパーの英語で書かれた療法と薬草大全）』（ロンドン　1789年）

大英図書館所蔵

「私はカルペパーの本を２冊持っている。１冊は何年も前に古本屋で買った安いもの、もう１冊はブルームズベリー社からもらった美しい作りのものだ」

J.K. ローリング　2017年

豆知識

カルペパーは、薬剤師の免許を持っていなかったため、医学界からは嫌われていました。医師たちは、ロンドンで医療を行えるのは自分たちだけのはずだと考えていたのです。カルペパーは医師会と衝突し、1642年には魔術を使ったとして裁判にかけられましたが、無罪となったようです。

エリザベス・ブラックウェルの『新奇な薬草』

『A Curious Herbal（新奇な薬草）』は、信じられないような歴史を持つ本です。著者のエリザベス・ブラックウェル（1707 ～ 1758 年）は、夫のアレクサンダーを債務者刑務所（借金を返せない人が入る刑務所）から釈放してもらうのに必要な資金を集めるために、自分でこの本の挿絵を描き、版を彫って印刷し、手作業で色をつけました。

本は 1737 年から 1739 年まで毎週少しずつ発行され、挿絵が 500 点入っていました。エリザベスは、ロンドンのチェルシー薬草園で植物をスケッチし、刑務所にいるアレクサンダーのところにそれを持って行って、その植物が何か教えてもらいました。

エリザベスは、この本を売って十分なお金を手に入れ、夫を釈放してもらうことができました。しかし、アレクサンダーは結局スウェーデンに行ってしまい、そこで政治的陰謀に関わったとして反逆罪で処刑されました。エリザベスは 1758 年に、孤独のうちに亡くなりました。

データ

薬草書

薬草書は、何千年にもわたって世界中のさまざまな文明圏で作られていました。医学についての情報を手に入れるには薬草書を読むしかなかった時代が続いたため、薬草書はとても重要でした。薬草書には、薬としての植物の使い方のほかに、「魔術的な情報」が書いてあることもよくありました。昔の人々は、体の具合が悪い場合には、具合の悪い部分と似た形の植物を使えば治すことができると信じていました。例えば、プルモナリアという植物は、葉の形が肺に似ていて斑点があるため、肺の病気に効くとされていました。

ドラコンティウム　エリザベス・ブラックウェル著『A Curious Herbal, containing five hundred cuts of the most useful plants which are now used in the practice of Physic, 2 vols（新奇な薬草　医術に現在用いられる非常に有用な植物の挿絵 500 点を収録）』全２巻（ロンドン 1737 ～ 39 年）より

大英図書館所蔵

スネークルート

中世には、薬草学の学者がいろいろな植物の性質を記録して挿絵を付け、自分用に詳しい覚え書きをまとめることがよくありました。

豪華に装飾されたこの薬草書は、1440年ごろにロンバルディア（イタリア北部）で作られたもので、これを作らせた持ち主は裕福な人だったようです。どのページにもいろいろな植物を本物そっくりに描いた絵があり、それぞれの植物の名前が短く説明してあります。スネークルート（「ヘビの根」という意味）の絵のそばには、「dragontea」、「serpentaria」、「viperina」などのラテン名も書いてあります。スネークルートは、ヘビにかまれた傷を治す効果があるとされていました。

この絵では、緑色のヘビがシューッという音を出しながら根を囲んでいます。左には、歯をむき出してほえるドラゴンが描かれています。このドラゴンはラテン語で「Draco magnus」と言い、舌が分かれ、尾が複雑にもつれています。

豆知識

「スネークルート」という名前は、現代では、オオバコなど、薬としての性質を持つさまざまな植物に使われています。オオバコを傷に当てると治りが早くなると、信じられています。

薬草書に描かれたスネークルート（イタリア　15世紀）

大英図書館所蔵

ヘビにかまれた傷の治療薬

昔の人々は、ヘビにかまれた傷を治すのに、花を咲かせる「セントーリ」(ベニバナセンブリ)という植物が効果的だと信じていました。12世紀に作られたこの写本には、「ケンタウリア・マヨル」と「ケンタウリア・ミノル」(「大型ベニバナセンブリ」と「小型ベニバナセンブリ」という意味)という2つの植物が、ケンタウルスのケイローンにちなんで名付けられたと書いてあります。ギリシャ神話に登場するケイローンは最も偉大なケンタウルスで、名高い医師であり、占星術師であり、託宣者(神のお告げを伝える人)でした。弟子のひとりで、医学と治療の神であるアスクレーピオスは、赤ん坊のときに救出されてケイローンのもとに連れて来られ、ケイローンによって養育されました。

このペン画では、ケイローンが、トーガを着たアスクレーピオスに、2つの植物を渡しています。2人の足元には、去っていくヘビが描かれています。

薬草書に描かれたベニバナセンブリ
(イングランド　12世紀)

大英図書館所蔵

庭小人のスケッチ

小さく、ゴワゴワした感じで、ジャガイモそっくりのでこぼこした大きなはげ頭だ。硬い小さな足でロンをけとばそうと暴れるので、ロンは腕を伸ばして小人をつかんでいた。

『ハリー・ポッターと秘密の部屋』

ノーム人形を見たことがありますか？ 陽気な顔、大きなおなかで、明るいバラ色のほほをしたノーム人形は、よく庭に飾りとして置かれています。ところが、魔法界のノームである庭小人はちょっと違います。庭小人は学名を「ゲルヌンブリ・ガーデンシ」と言い、成長すると背が30センチメートルほどになります。庭小人は庭に巣穴を掘って植物の根を掘り返し、見苦しい土の山を作ります。

ここに挙げた庭小人の細かい絵はジム・ケイが描いたもので、庭小人の頭がでこぼこし、足がごつごつしているのがよくわかります。ジャガイモのような頭と、きょとんとして頭のにぶそうな表情を描いたこの絵は、庭小人のみにくさをよくとらえています。

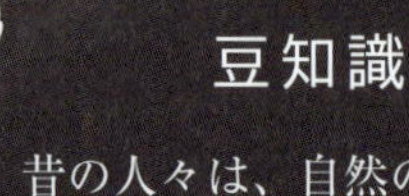

豆知識

昔の人々は、自然の力は火、空気、水、土の4つの要素からできていると考えていました。そして、ノームはその4元素のうちの1つである土を表すと信じていました。ノームは人間との接触を避け、地中の宝物を守るという考えが一般的でした。

魔法の園芸用具

魔法の庭には、庭の手入れに使う適切な道具が必要です。骨やシカなどの角（枝角）から作ったこの園芸用具は種まきと収穫専用の道具で、何千年にもわたって使われてきたようです。

薬としての性質だけでなく、その植物が持っているとされる超自然的な力を求めて収穫される植物も多くありました。また、植物を採集するときの儀式がとても重要だと考える人もいました。ここに挙げたような道具は、収穫する植物が汚染されないように、必ず天然の材料だけを使うことがとても重要だと考えられていました。

ノームの下絵と完成した絵
ジム・ケイ 作

ブルームズベリー社所蔵

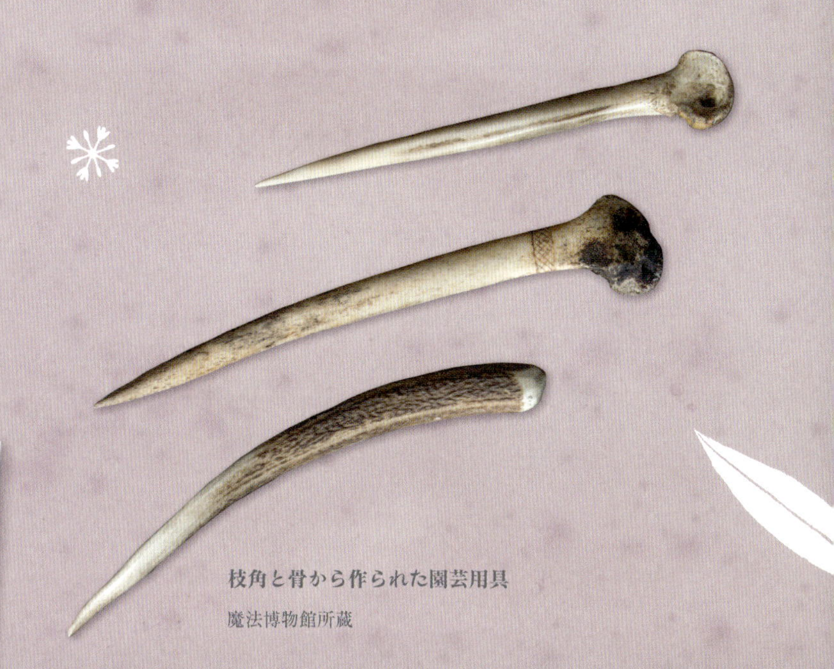

枝角と骨から作られた園芸用具

魔法博物館所蔵

園芸用具を作るのに使う素材も、象徴として重要な意味を持っていました。枝角は頭から上に伸びるため、枝角から作った道具は、この世を天空の霊界と結び付けると考えられていました。枝角は毎年落ちて生え替わるため、復活と再生という不思議な力を象徴しています。

呪文学

「さあ、いままで練習してきたしなやかな手首の動かし方を思い出して」
いつものように積み重ねた本の上に立って、フリットウィック先生はキーキー声で言った。「ビューン、ヒョイ、ですよ。いいですか、ビューン、ヒョイ」

フリットウィック教授／『ハリー・ポッターと賢者の石』

魔法界で、呪文は特別で重要な位置を占めています。呪文を使えば、物や生き物に別の性質を付け加えて、その動作を変えることができます。ホグワーツの生徒は、いろいろな呪文を習います。物を浮かせる呪文（ウィンガーディアム レヴィオーサ）、かぎがかかったドアや窓を開ける呪文（アロホモーラ）、相手を混乱させる呪文（コンファンド）や、相手をくすぐる呪文（リクタスセンプラ）もあります。

呪文を使えるようになるには、杖の正確な動かし方と呪文の正確な発音を練習しなければなりません。呪文をかけるときに集中していないと、奇妙なことが起きる場合もあります。

フィリウス・フリットウィック教授

担当：**呪文学**

外見：フリットウィック教授はとても小さな魔法使いで、もじゃもじゃの白髪頭です。

豆知識：ハリーがホグワーツ1年生のとき、フリットウィック教授は、賢者の石を守るわなのひとつとして、何百という鍵に呪文をかけました。

データ

呪文の言葉

呪文をかけるためには、唱える言葉がとても大事です。どんな言葉を唱えたらいいかは、世界中でさまざまです。「アラビアンナイト」（千夜一夜物語）の中の物語では、アリババが「開けゴマ」と唱えて、盗賊が隠していた宝物にたどり着きました。また手品師は、英語の場合、「アラカザム」、「ヘイ・プレスト」、「ホーカス・ポーカス」などと唱えることがあります。

「呪文を正確に、これもまた大切ですよ。覚えてますね、あの魔法使いバルッフィオは、『f』でなく『s』の発音をしたため、気がついたら、自分が床に寝転んでバッファローが自分の胸に乗っかっていましたね」

フリットウィック教授／『ハリー・ポッターと賢者の石』

アブラカダブラ

「君、あの魔法の言葉をつけ加えるのを忘れたようだね」ハリーがいらいらしながら答えた。ハリーはごく普通のことを言っただけなのに、それがダーズリー一家の３人に、信じられないような効き目が表れた。ダドリーは息を詰まらせ、椅子からドスンと落ち、キッチンがぐらぐらと揺れた。ダーズリー夫人はキャッと悲鳴をあげ、両手で口をぱっと押さえた。ダーズリー氏ははじかれたように立ち上がった。こめかみの青筋がピクピクしている。

『ハリー・ポッターと秘密の部屋』

手品師は昔から、いろいろな技を見せるときに「アブラカダブラ」という呪文を使ってきました。しかし古代には、この言葉は病気を治す力を持つ呪文だと考えられていました。この言葉が使われている最古の記録は、クイントゥス・セレヌス・サンモニクスが書いた『Liber Medicinalis（医学の書）』です。この本には、マラリアの治療法として「アブラカダブラ」を使うように指示があります。

　マラリアにかかったら、１文字ずつ減らしながらこの言葉を繰り返し書きます。そうすると、字が逆三角形に並びます。これを赤い線で囲み、お守りとして首の周りに着けると、熱を追い払うことができるというのが、この治療法です。

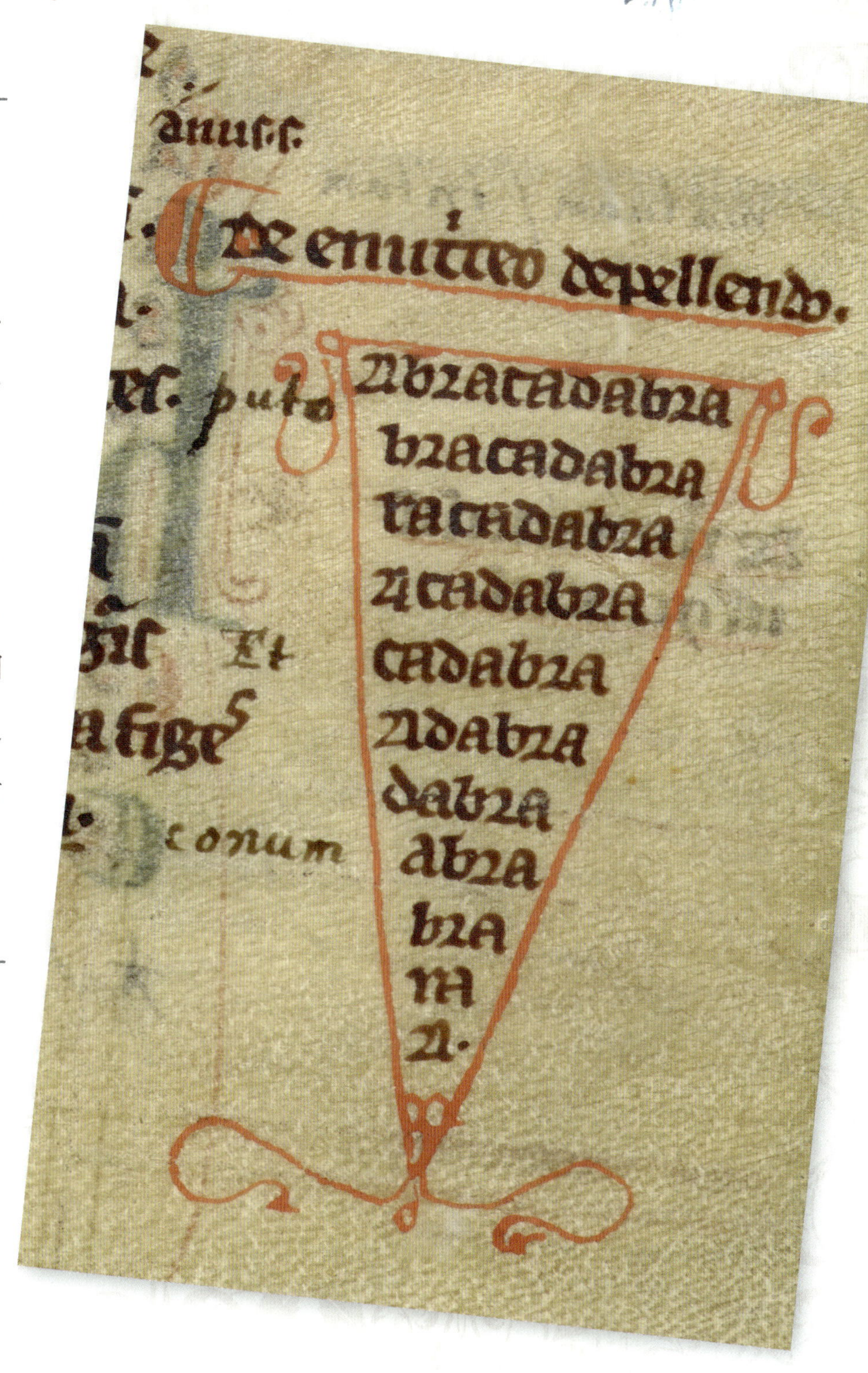

『Liber Medicinalis（医学の書）』
（カンタベリー　13 世紀）

大英図書館所蔵

組分け帽子に決まるまで

J.K. ローリングは、ハリー・ポッターの世界と物語の計画を、5年かけて練り上げました。グリフィンドール、レイブンクロー、ハッフルパフ、スリザリンという4つの寮があり、それぞれに個性を持たせることは、前々から決めていました。でも、どうやって生徒をそれぞれの寮に振り分けたらいいでしょうか？

「とうとう、生徒を選ぶ方法を一つひとつ書き出した。『どちらにしようかな』、くじ引き、チームのキャプテンが選ぶ、帽子から名前を引く……言葉を話す帽子から名前を引く……帽子をかぶる……組分け帽子」

J.K. ローリング　ポッターモア

J.K. ローリングはこの手書きのメモで、生徒を4つの寮に振り分けるいろいろな方法を書き出しています。「Statues（像）」と書いてあるのは、ホグワーツの創立者をかたどった4つの像が動き出して、自分の寮に入る生徒を選び出すというアイディアを表しています。その他のアイディアとしては、ゴーストの法廷や、なぞなぞ、監督生が生徒を選ぶというものもありました。アイディアのリストの下には、ゴドリック・グリフィンドールの魔法の帽子（組分け帽子）のスケッチがあり、帽子に口があるのが見えます。

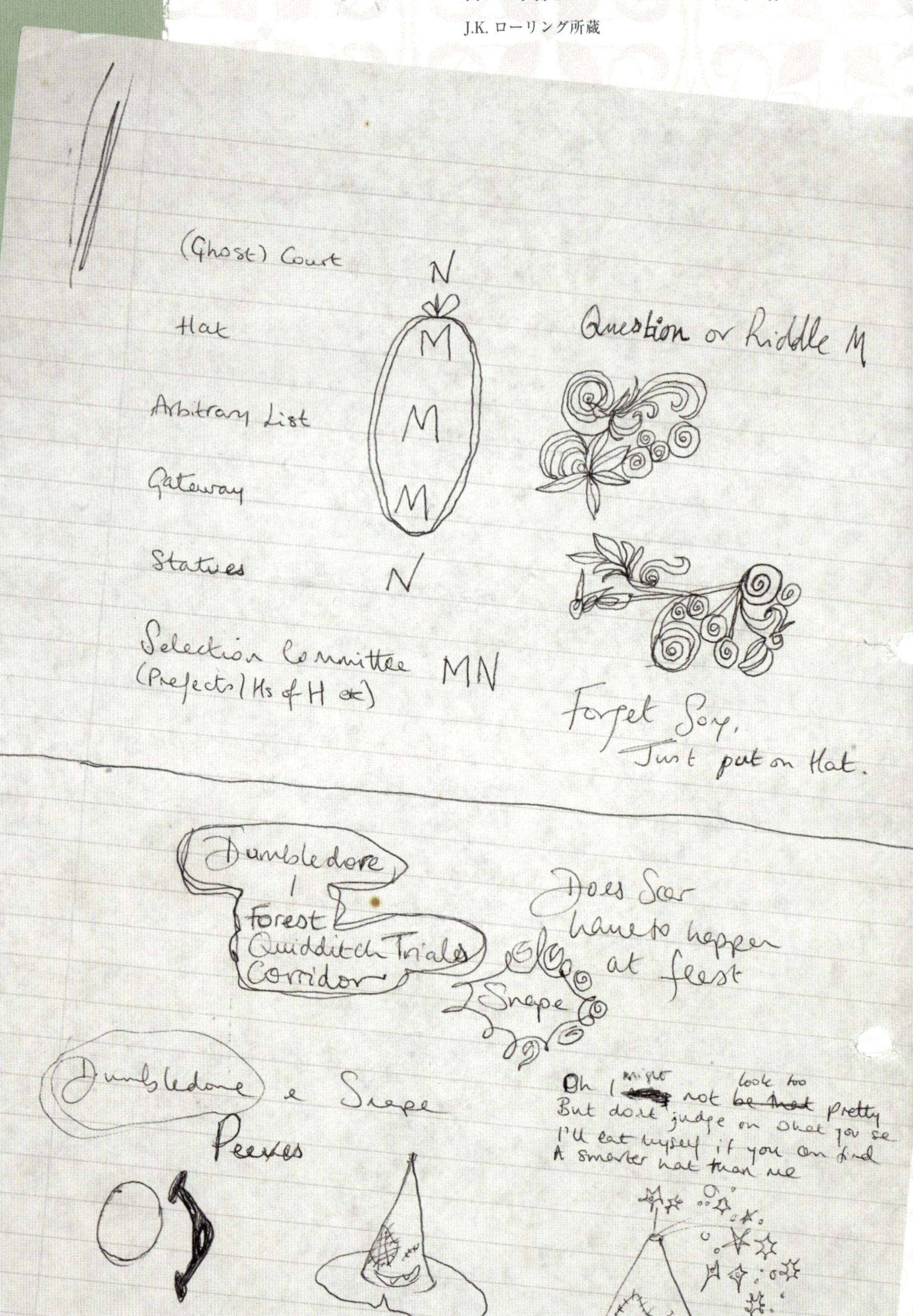

組分け帽子に決まるまでのアイディアを書き出した手書きのメモ　J.K. ローリング 作

J.K. ローリング所蔵

組分け帽子の歌

みんなが帽子をじっと見つめているのに気づいて、ハリーも帽子を見た。一瞬、広間は水を打ったように静かになった。すると、帽子がピクピク動いた。つばの縁の破れ目が、まるで口のように開いて、帽子が歌いだした。

『ハリー・ポッターと賢者の石』

これは、ハリーが1年生のときの組分け儀式で組分け帽子が歌う歌詞を、J.K. ローリングが手書きした下書きです。線を引いて消したり手直ししたりしたところはありますが、この歌詞のほとんどは、最終的に出版された『賢者の石』に載りました。

Oh, you may not think I'm pretty
But don't judge on what you see
I'll eat myself if you can find
A smarter hat than me
You can keep your bowlers black
Your top hats sleek and tall
For I'm the Hogwarts Sorting Hat
And I can cap them all
~~None can tell you the~~
There's nothing hidden in your ~~head~~
The Sorting Hat can't see
So try me on and I will tell you
Where you ought to be.
You might belong in Gryffindor
Where dwell the brave at heart
~~It's daring, nerve and chivalry~~
~~Or Huffs~~ ~~If you have ner~~
~~For~~ Their daring, nerve and chivalry
Set Gryffindors apart
You ~~could be born for~~ might belong in Hufflepuff
~~Who~~ Where ~~all~~ they are ~~for~~ just and loyal
~~That patient~~ The patient Hufflepuffs are true
And unafraid of toil
~~You may Or Ravenclaw could be your ho~~
~~The house for~~
You ~~might belong~~ in Ravenclaw
Where ~~the quickest~~ all quick wits are ~~prized~~ found
The ~~sharpest minds~~ wisest and most learned minds

If you've a ready mind
~~For quick wit or~~
Where those of wit and learning
~~Are~~ Ravenclaw's true kind.

組分け帽子の歌　J.K. ローリング 作

J.K. ローリング所蔵

ダイアゴン横丁の入り口

たたいたレンガが震え、次にくねくねと揺れた。そして真ん中に小さな穴が現れたかと思ったらそれはどんどん広がり、次の瞬間、目の前に、ハグリッドでさえ十分に通れるほどのアーチ形の入り口ができた。そのむこうには石だたみの通りが曲がりくねって先が見えなくなるまで続いていた。

『ハリー・ポッターと賢者の石』

J.K. ローリングが手で描いたこの絵は、ダイアゴン横丁の魔法の入り口がどのように現れるかを段階的に示しています。最初の絵では、レンガの壁とごみ箱が描かれています。次の絵では、杖（この場合は、傘に隠されたハグリッドの杖）で壁のどこをたたくとアーチ形の入り口が開くかが示されています。壁をたたくと、レンガが動き始めて入り口が現れ、それがだんだん大きくなって完全に開きます。

ダイアゴン横丁の入り口のスケッチ
J.K. ローリング 作（1990 年）

J.K. ローリング所蔵

b.
c.
e.
f.

ダイアゴン横丁の全景

ジム・ケイが描いたこの絵には、ダイアゴン横丁に並ぶすてきな魔法の店が、非常に細かく描かれています。ケイは気のきいた名前を店につけました。望遠鏡を売る「トゥインクル・テレスコープ」という店の名前は、子供のころによく行った「サリー・トゥインクル」という演劇用品店にヒントを得たものです。カエルを売る「ブフォ」という店の名前は、ヒキガエル属の学名から来ています。

ダイアゴン横丁のスケッチ　ジム・ケイ 作

ブルームズベリー社所蔵

マントの店、望遠鏡の店、ハリーが見たこともない不思議な銀の道具を売っている店もある。

こうもりの脾臓（ひぞう）やうなぎの目玉が入っているたるをうずたかく積み上げたショーウィンドウ。

いまにも崩れてきそうな呪文の本の山。羽根ペンや羊皮紙、薬瓶、月球儀……。

『ハリー・ポッターと賢者の石』

アーガス・フィルチ

ハリー・ポッターは、夜に学校をあちこち探検していて、ホグワーツ管理人のアーガス・フィルチに危うく見つかりそうになることがよくありました。

フィルチはホグワーツの管理人で、根性曲がりの、でき損ないの魔法使いだった。生徒に対して、いつもけんかを吹っかけるし、……

『ハリー・ポッターとアズカバンの囚人』

J.K. ローリング自身が描いたこのスケッチで、フィルチは、寝ていなければいけない時間にホグワーツ城をうろついている生徒を見つけるため、ランプを持っています。

フィルチはスクイブ（親が魔法を使えるのに自身は使えない人）なので、魔法を使うことはできません。

アーガス・フィルチのスケッチ
J.K. ローリング 作（1990年）

J.K. ローリング所蔵

クイックスペル

アーガス・フィルチは魔法が使えないため、「クイックスペル　初心者のための魔法速習通信講座」を受けて、魔法の腕を上げようとします。フィルチはこの講座の資料が入った封筒をホグワーツ２年生のハリー・ポッターに見つけられ、いらだちます。

「アーガス・フィルチが、タペストリーの裏から突然飛び出した。規則破りはいないかと鼻息も荒く、そこら中をぎょろぎょろと見回している」

『ハリー・ポッターと秘密の部屋』

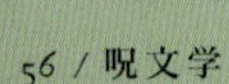

透明になる呪文

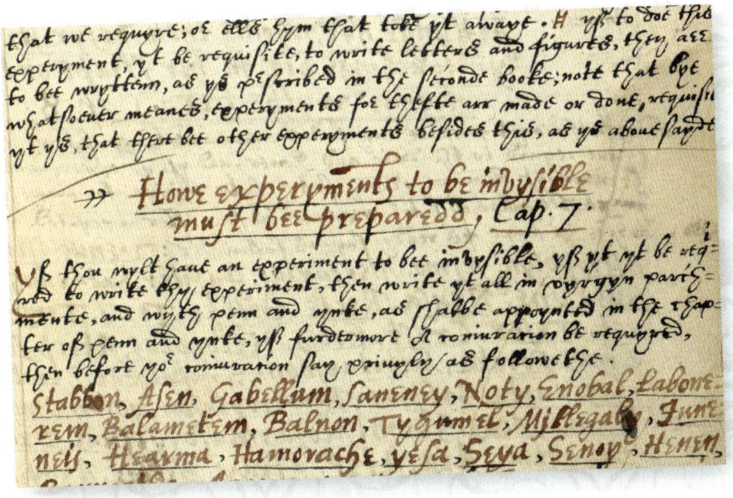
Howe experyments to be invysible must bee preparedd, Cap. 7.

「Howe experyments to be invysible must bee preparedd（透明になる試みの準備方法）」『The Book of King Solomon called The Key of Knowledge（知識の鍵と呼ばれるソロモン王の書）』より（イングランド　17世紀）

大英図書館所蔵

透明マントはめったにない貴重なものなので、透明になるにはほかの方法を見つけなければなりません。『知識の鍵』という本の「Howe experyments to be invysible must bee preparedd（透明になる試みの準備方法）」という題の章では、透明になる方法として次の呪文を紹介しています。

「スタボン、アセン、ガベラム、サネネー、ノーティ、エノバル、ラボネレム、バラメテム、バルノン、タイギュメル、ミレガリ、ジュネナイス、ヒアマ、ハモラッチ、イェサ、セヤ、セノイ、ヘネン、バルカサ、アカララス、タラカブ、ブカラット、カラミー、バイ・ザ・マーシー・ホイッチ・ユー・ベア・トワーズ・マン・カインド（あなたが人間に対して持つあわれみによって）、メーク・ミー・トゥー・ビー・インビジブル（私を透明にしてください）」

この本は広く伝えられ、何度も書き写されたため、この透明呪文にはいくつかのバリエーションがあります。ただし、この呪文を唱えるときには注意が必要です。この本には、透明人間から元に戻る呪文がどこにも書いていないのです！

やってみよう

バナナの魔法

皮がついたままのバナナに魔法をかけたように見える手品です。

バナナと長い針を用意します。大人に手伝ってもらってバナナに針を刺し、注意深く左右に動かします。こうすると、皮をむかないでバナナの実を切ることができます。間を空けて何度かこれを繰り返すと、バナナが輪切りになります。

準備が終わったら、何も知らない友達にバナナを渡します。バナナをむいてもらう前に、バナナの上で手を動かして、好きな呪文を唱えましょう。友達が皮をむくと、魔法をかけたようにバナナがもう輪切りになっています。

魔法の果物

ハリー、ロン、ハーマイオニーは4年生のとき、ホグワーツの厨房（ちゅうぼう）に入る方法をフレッドとジョージ・ウィーズリーから聞き出しました。厨房のドアは、果物が盛ってある器を描いた大きな絵の裏に隠してあります。中に入るのは簡単で、器の中の梨をくすぐるだけです。梨は身をよじってクスクス笑い、大きな緑色のドアの取っ手に変わります。

オルガ・ハントの箒

魔女のイメージとして最も一般的なのは、箒に乗って夜空を飛んでいるというものです。

マグルの描く魔女の姿には、必ず箒が描かれている。これらの図はばかばかしいものであるが（マグルの描くような箒では、一瞬たりとも空中に浮かんでいられないだろう）、それにしても、我々が何世紀にもわたって不注意であったばかりに、マグルの頭の中で、箒と魔法がいかに切り離せないものになっているかがうかがえる。

『クィディッチ今昔』

オルガ・ハントが所有していた箒
（イングランド　20 世紀）

魔法博物館所蔵

魔術と箒が結び付けられるようになったのは 15 世紀です。ハリーやクィディッチのチームメイトは、現代的でスマートな箒を使っています。ここに挙げた箒はもっと古くて伝統的な箒で、マナトン（デボン州）に住むオルガ・ハントという名前の実在する女性のものでした。オルガは、満月が来るとこの箒を魔法に使い、ダートムーアにあるヘイトアの岩の周りを跳び回って、そばにいた人々を驚かせました。

羽の生えた鍵

魔法界で空を飛べるのは箒だけではありません。魔法がかけられたこの鍵は、賢者の石を守るためにホグワーツの教授たちが仕掛けたわなのひとつです。この「羽の生えた鍵」の挿絵は、鉛筆で細かい絵を描いてから、コンピューターで水彩画を重ねて作られました。これを描いたジム・ケイは羽の生えた鍵のさまざまなデザインや色を試して、『賢者の石』に描写されている「虹色の羽のうず」を表現しようとしました。鍵は一つひとつデザインされ、細部まで美しく描かれています。

「鳥よ……鳥はただ飾りでここにいるんじゃないはずだわ」とハーマイオニーが言った。３人は頭上高く舞っている鳥を眺めた。輝いている……輝いている？「鳥じゃないんだ！」ハリーが突然言った。「鍵なんだよ！羽の生えた鍵だ。よく見てごらん」

『ハリー・ポッターと賢者の石』

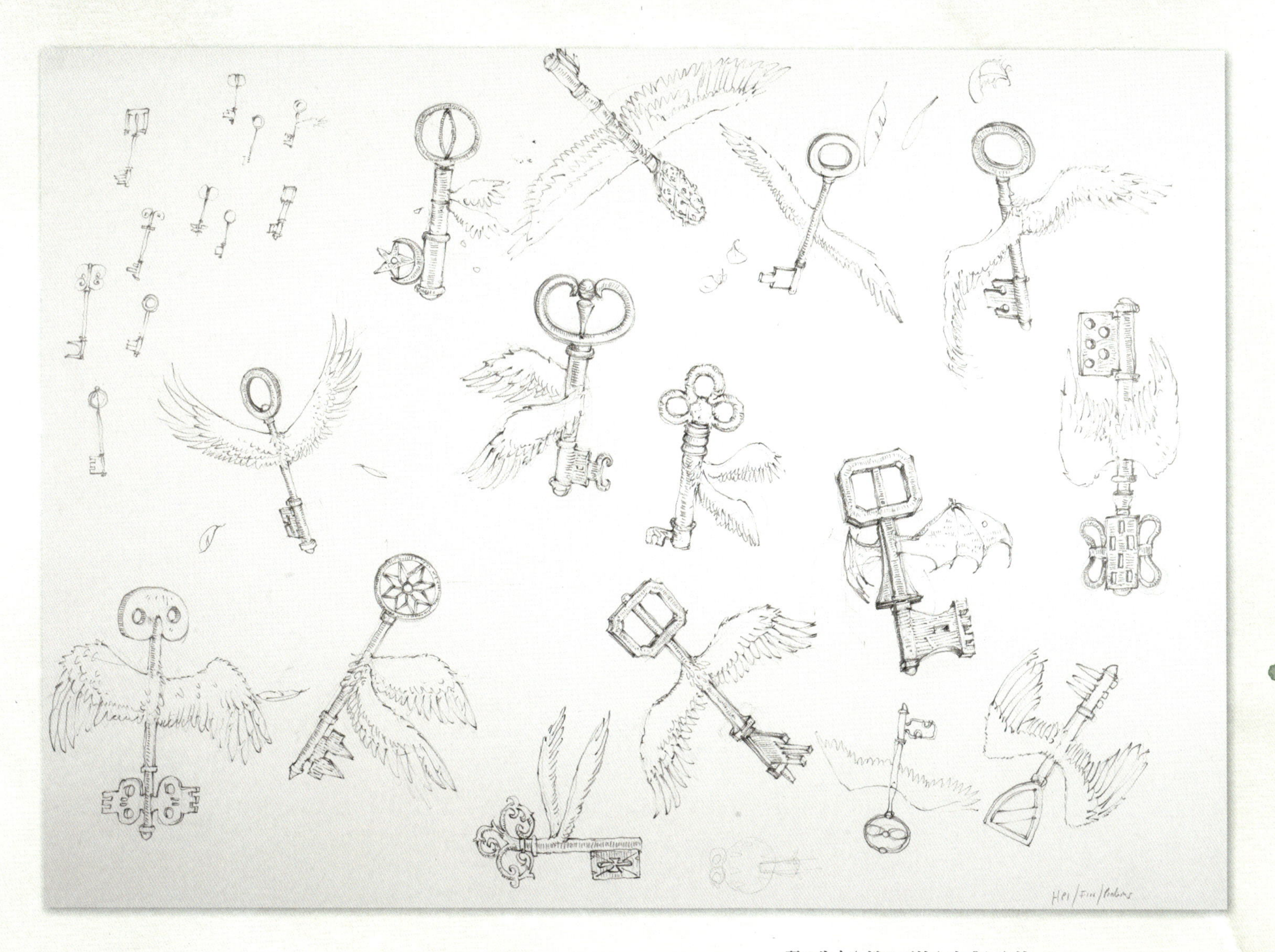

羽の生えた鍵の下絵と完成した絵
ジム・ケイ 作

ブルームズベリー社所蔵

空を飛ぶ
ハリーとドラコ

箒(ほうき)にまたがり地面を強くけると、
ハリーは急上昇した。高く高く、
風を切り、髪がなびく。
マントがはためく。
うれしさが込み上げてくる。
──僕には教えてもらわなくて
もできることがあったんだ──
簡単だよ。飛ぶってなんてすば
らしいんだ！

『ハリー・ポッターと賢者の石』

ホグワーツにやって来たばかりのハリーにとって、魔法の世界は今までとはまったく違う複雑なものでした。しかし、初めての飛行訓練では、それまで箒にさわったこともなかったのに、とても自然に飛ぶことができました。それを見たマクゴナガル教授は、すぐにハリーを連れて、グリフィンドール寮のクィディッチチームのキャプテンのところまで行き、2人を引き合わせました。

ジム・ケイが描いたこの絵で、ハリーは雨に目を細め、箒をしっかり握っています。その背景では、ハリーの方に向かってくるドラコ・マルフォイの姿が雨にかすんでいます。

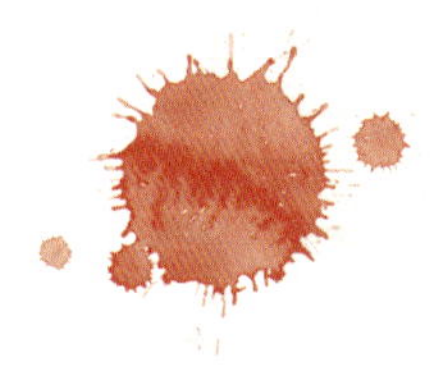

クィディッチをしているハリー・ポッターと
ドラコ・マルフォイ　ジム・ケイ 作

ブルームズベリー社所蔵

天文学

水曜日の真夜中には、望遠鏡で夜空を観察し、星の名前や惑星の動きを勉強しなくてはならなかった。

『ハリー・ポッターと賢者の石』

天文学は最も古い科学のひとつです。天文学は夜空についての学問で、恒星、惑星、すい星、銀河など、夜空にあるものすべてについて研究します。天文学は、ホグワーツ魔法魔術学校で勉強する主要科目です。また、登場人物の名前には、天文学にちなんだものがたくさんあります。夜空を見上げると、ベラトリックス・レストレンジやシリウス・ブラックといった登場人物と関係のある星が見えます。

オーロラ・シニストラ教授

担当：天文学

外見：シニストラ教授についてはよくわかっていません。『ハリー・ポッターと秘密の部屋』に初めて登場しますが、詳しいことは書かれていないため、ちょっと謎の人物です。

豆知識：シニストラ教授は、石にされてしまったジャスティン・フィンチ - フレッチリーとほとんど首無しニックが廊下で発見された後、ジャスティンを医務室に運ぶのを手伝いました。

データ

天文学者とは

天文学者は、夜空とそこにあるものすべてについて研究する科学者です。天文学者は、複雑な数学を使って恒星や惑星の動きや位置を予測します。また、ハイテクな望遠鏡や最先端のデジタルカメラを使って天体を観察します。でも、空の星を見つけるのに上等な装置が絶対必要というわけではありません。
空を見上げてみましょう。
何が見えますか？

ロナンは首をブルルッと振って空を見上げた。
「今夜は火星がとても明るい」

ロナン／『ハリー・ポッターと賢者の石』

ハリー・ポッターシリーズに登場する人物の中で、空いっぱいに広がるすばらしい恒星や惑星と同じ名前の人々を少し紹介しましょう。

アンドロメダ・トンクス：アンドロメダ銀河の名前は、神話に登場する王女アンドロメダから来ています。アンドロメダは、恐ろしい海の怪物のいけにえにさせられましたが、ぎりぎりのところで、怪物退治の英雄ペルセウスに助け出されました。

ベラトリックス・レストレンジ：ベラトリックス（ラテン語で「女戦士」という意味）は、オリオン座で３番目に明るい星です。

リーマス・ルーピン：英語で「おおかみ座」という意味の「ルーパス」は、「ルーピン」と関係があります。また、小惑星帯にはレムスという衛星があり、これは「リーマス」と関係があります。

ホグワーツの教科と教師のリスト

J.K. ローリングが作成したこの手書きのメモには、ホグワーツで教える科目と担当教師の名前の候補が並んでいます。これによると、オーロラ・シニストラ教授の名前は、初めは「オーレリア・シニストラ」だったようです。J.K. ローリングの作品、特に名前や呪文にはラテン語がよく見られます。「オーロラ」は「夜明け」、「シニストラ」は「左側」という意味のラテン語です。

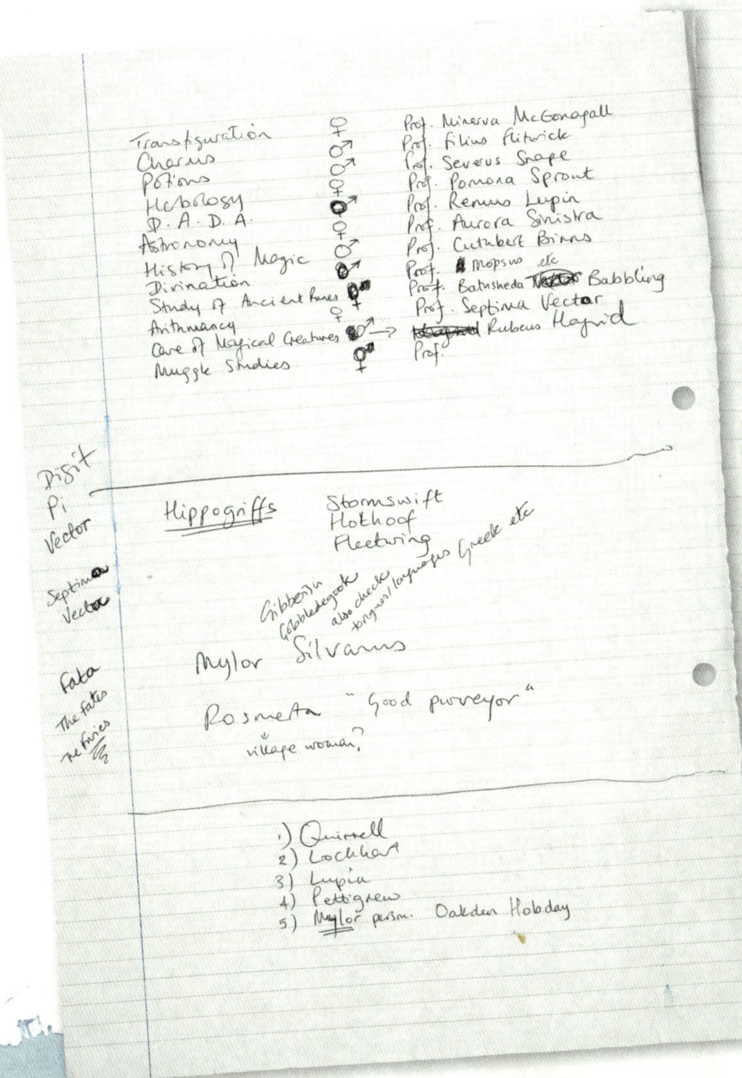

Transfiguration ♀ Prof. Minerva McGonagall
Charms ♂ Prof. Filius Flitwick
Potions ♂ Prof. Severus Snape
Herbology ♀ Prof. Pomona Sprout
D.A.D.A. ♂ Prof. Remus Lupin
Astronomy ♀ Prof. Aurora Sinistra
History of Magic ♂ Prof. Cuthbert Binns
Divination ♂ Prof. Mopsus etc
Study of Ancient Runes ♀ Prof. Bathsheda ~~Vector~~ Babbling
Arithmancy ♀ Prof. Septima Vector
Care of Magical Creatures ♂ → ~~Hagrid~~ Rubeus Hagrid
Muggle Studies Prof.

Digit
Pi
Vector
Septima Vector

Hippogriffs Stormswift
Hothoof
Fleetwing

Gibberish
Gobbledegook
also check tongues/languages Greek etc

Fata
The fates
the fairies

Mylor Silvanus

Rosmerta "Good purveyor"
village woman?

1) Quirrell
2) Lockhart
3) Lupin
4) Pettigrew
5) ~~Mylor~~ persn. Oakden Hobday

Enid Pettigrew

Quirinus Quirrell (1)
Gilderoy Lockhart (2), ~~(6)~~,
Remus Lupin (3), (7) Sinistra
Enid Pettigrew (4), (6), (7)
Oakden Hernshaw (5)

SUBJECTS 3'd year

core subjects
Potions
Transfiguration
Charms
Defence Against the Dark Arts
History of Magic
Astronomy
Herbology

Divination → Harry & Ron
Study of Ancient Runes → Hermione
Arithmancy → Hermione
Care of Magical Creatures → Harry & Ron
Muggle Studies → Hermione

Divination: Enid Pettigrew

Transfiguration	Professor Minerva McGonagall
Charms	Filius Flitwick
Potions	Severus Snape
Defence Against the Dark Arts	Remus Lupin
History of Magic	Cuthbert Binns
Astronomy	Aurelia Sinistra
Herbology	Pomona Sprout
Divination	|
Care of Magical Creatures	

ホグワーツの教科と教師についての手書きメモ
J.K. ローリング 作

J.K. ローリング所蔵

シリウス・ブラック

地球から見える最も明るい恒星は、シリウスです。天文学者たちは、大昔からシリウスを眺めてきました。

動物もどきのシリウス・ブラックは、毛むくじゃらの黒い犬の姿になりますが、おおいぬ座も犬の形をしています。この中世の写本は、なんと900年前にイングランドで作られたものです。このページに描かれているのはおおいぬ座で、そのうちの星のひとつが、地球から見える最も明るい恒星であるシリウスです。この写本に描かれた犬の体の中には、詩がいっぱいに書かれています。詩は、ローマの著作家ヒュギーヌス（西暦17年没）の作品から取ったものです。

シリウス　キケロのアラテアより
ヒュギーヌス著『Astronomica（天文詩）』からの引用付き
大英図書館所蔵

やってみよう

シリウスの見つけ方

暗くて曇っていない夜に、シリウスを見つけてみましょう。シリウスを見つけるには、「オリオンの帯」を目安にします。オリオンの帯と呼ばれる3つの星は、その左下にあるシリウスを指しています。シリウスは、地球上から見える最も明るい星なので、簡単に見つけられるはずです。

ハリーの目に何かが飛び込んできた。——巨大な毛むくじゃらの黒い犬が、空をバックに、くっきりと影絵のように浮かび上がったのだ。一番上の誰もいない席に、じっとしている。ハリーは完全に集中力を失った。

『ハリー・ポッターとアズカバンの囚人』

動物もどきのシリウス・ブラックが変身した姿
ジム・ケイ 作

ブルームズベリー社所蔵

アングロサクソンのケンタウルス

**開けた空間に現れたのは……
人間、いや、それとも馬？
腰から上は赤い髪に赤いひげの人の姿。そして腰から下はツヤツヤとした栗毛に赤味がかった長い尾をつけた馬。**

『ハリー・ポッターと賢者の石』

データ

星や星座には、それぞれ違う独自の
名前が付いていて、それにまつわる
興味深い物語や意味があるのが普通です。
夜空に広がる、動物にちなんだすばらしい
星座をいくつか紹介しましょう。

ふうちょう座 ― ゴクラクチョウ
わし座 ― ワシ
おひつじ座 ― オスのヒツジ
きりん座 ― キリン
かに座 ― カニ
りょうけん座 ― 猟犬
やぎ座 ― 海ヤギ

やぎ座　キケロのアラテアより
大英図書館所蔵

いて座は普通、ケンタウルスとして描かれ、いて座を意味する「サジタリウス」という言葉は、「弓を射る人」という意味のラテン語から来ています。このアングロサクソンの写本は、イングランドが1066年にノルマン人に侵略される少し前に作られたもので、いて座がケンタウルス（半分人間で半分馬の神話上の生き物）として描かれています。いて座の矢は左ページのやぎ座をねらっています。星は赤みがかったオレンジ色の球で表されていて、それをつなげるとヤギとケンタウルスの形になります。

J.K. ローリングの物語では、ケンタウルスは『ハリー・ポッターと賢者の石』に初めて登場します。ハリーが出合ったケンタウルスのロナンとベインは、何が起こるかを惑星の動きから読み取りました。『ハリー・ポッターと不死鳥の騎士団』では、ケンタウルスのフィレンツェがホグワーツの占い学教授になりました。

赤みがかったオレンジ色の球が星を表す

いて座　キケロのアラテアより

大英図書館所蔵

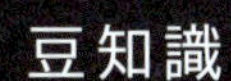

豆知識

この本は火事にあいましたが、ぎりぎりのところで焼失をまぬがれました。しかし残念なことに、ページの端は火の熱でこげてしまいました。ケンタウルスがいて、危険を予言してくれたらよかったのですが……。

ケンタウルス

ケンタウルスはギリシャ神話から生まれ、馬の力と人間の知性を兼ね備えています。

ハグリッドはいらいらして言った。「ケンタウルスからはっきりした答えをもらおうなんて考えるもんじゃない。いまいましい夢想家よ。星ばかり眺めて、月より近くのものにはなんの興味も持っとらん」

『ハリー・ポッターと賢者の石』

ケンタウルスがどうやって誕生したのかについては、昔からさまざまな説がありました。巨人と馬の間に生まれたという説もあれば、ティタンという巨人の集団だったという説もありました。巨人たちは神々と戦争をして負け、罰として下半身を馬にされたと言われています。

アラビアのアストロラーベ

コンピューターを使うデジタル時代より前には、天文学者は別の方法を使って天体を観察し、図に書いていました。

ホグワーツの生徒がそろえなければならない学用品のリストの中には、教科書、杖、大鍋などのほかに、望遠鏡もありました。ハリー・ポッターは、真ちゅう製の折りたたみ式望遠鏡をダイアゴン横丁で買いました。

熱心な生徒は、決められた用具のリストなど気にしないで、アストロラーベなど、もっと複雑な用具を買ったかもしれません。

その他学用品

杖（1）
大鍋（スズ製、標準２型）（1）
ガラス製またはクリスタル製の薬瓶（1組）
望遠鏡（1）
真ちゅう製はかり（1組）

『ハリー・ポッターと賢者の石』

アラビア数字が銀に刻まれている

シリアで発見されたアストロラーベ（13世紀）
大英図書館所蔵

アストロラーベはギリシャで発明され、空の平面図を作成するのに使われました。アストロラーベを使うと、恒星や惑星を確認し（星図を描くにはこれが必要）、緯度を測定することができました。

アストロラーベは、メッカの方角を知るためにも使われました。イスラム教徒は、メッカの方向に向かって祈らなければならないためです。精巧な装飾を施したこのアストロラーベは真ちゅう製で、銀をはめ込んであります。

「ダイアゴン横丁にようこそ」とハグリッドが言った。
『ハリー・ポッターと賢者の石』

ウラニアの鏡

『Urania's Mirror; or, a View of the Heavens（ウラニアの鏡　あるいは天空の眺め）』は32枚の星図が印刷されたカード集で、星を観察する人なら、これを手に入れておくと役立ちます。

　カードには、星の等級（明るさ）に応じた大きさの穴が開けられていて、光にかざすと本物そっくりの星座が見えるようになっています。

天文学の塔のてっぺんに着いたのは11時だった。
星を見るのには打ってつけの、雲のない静かな夜だ。

『ハリー・ポッターと不死鳥の騎士団』

『ウラニアの鏡』の箱の内部（ロンドン　1834年）

大英図書館所蔵

この2つの星座はりゅう座とこぐま座で、ドラゴンと小さなクマで表されています。りゅう座は最も古くに発見された星座のひとつです。りゅう座はラテン語で「ドラコ」（「ドラゴン」という意味）と言い、これがハリーの宿敵ドラコ・マルフォイの名前となっています。

『ウラニアの鏡』星座カード

大英図書館所蔵

豆知識

トカゲの仲間のトビトカゲ属は、学名では「ドラコ」と呼ばれます。

ダイアゴン横丁の一部　ジム・ケイ 作

ブルームズベリー社所蔵

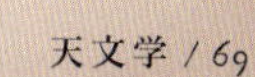

天球上の月の位置

ドイツのペトルス・アピアヌス（1495 ～ 1522 年）は、靴屋の息子として生まれながら、のちに名高い天文学者、数学者、印刷技師となりました。アピアヌスは、「ボルベル」と呼ばれる回転する紙の模型がいくつも収録された美しい本を作りました。この本では、中心を留めた円盤の動きが、惑星の動きを表現しています。

ここに挙げたボルベルでは、天球上の月の位置がわかります。中央にいるドラゴン（頭部がネズミのように見える）は回転することができ、円の縁に書いてある十二宮を指します。ボルベルは星占いをするのに使われることもあり、16 世紀には占星術と天文学の区別がややあいまいだったことがわかります。

『Astronomicum Caesareum（皇帝天文学）』（インゴルシュタット　1540 年）

大英図書館所蔵

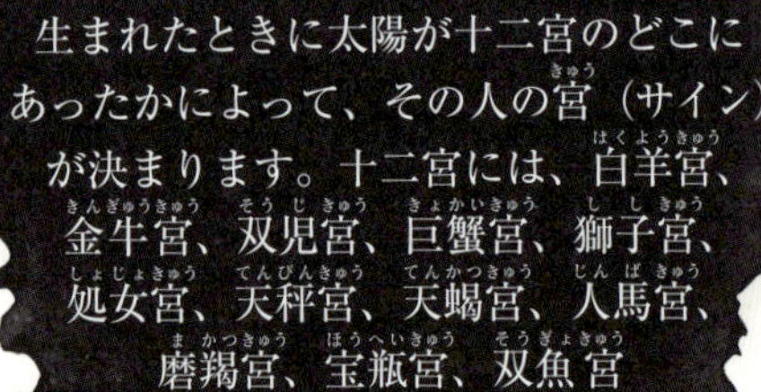

豆知識

十二宮とは、太陽が空を通る軌道（黄道）を 12 等分したもので、生まれたときに太陽が十二宮のどこにあったかによって、その人の宮（サイン）が決まります。十二宮には、白羊宮、金牛宮、双児宮、巨蟹宮、獅子宮、処女宮、天秤宮、天蠍宮、人馬宮、磨羯宮、宝瓶宮、双魚宮があります。

データ

占星術とは

占星術は、夜空に見える星などの物体（天体）の動きや位置を研究するもので、天体の動きが地球上のできごとや人間の行動に影響する、という考えに基づいています。

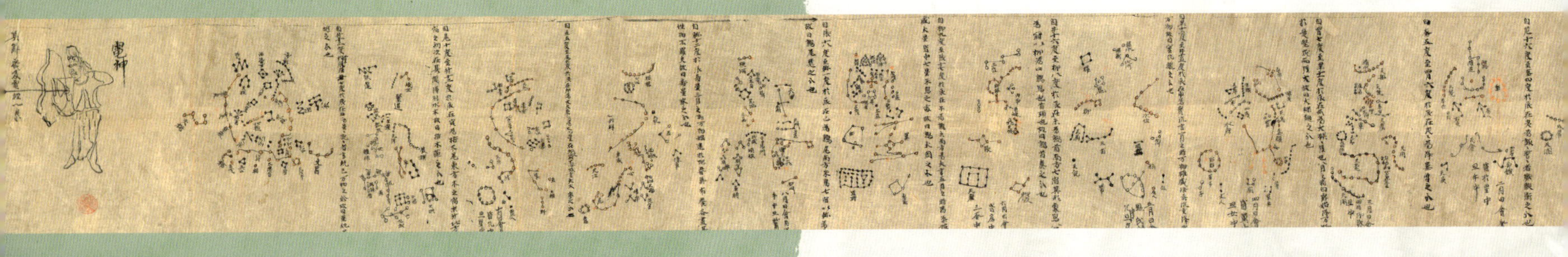

最古の星図

これは、現存する世界最古の完全な星図です。オーレル・スタインが1907年に中国で発見したこの星図は、望遠鏡が発明される何世紀も前に作られたもので、北半球で肉眼で見える1,300個以上の星が描かれています。

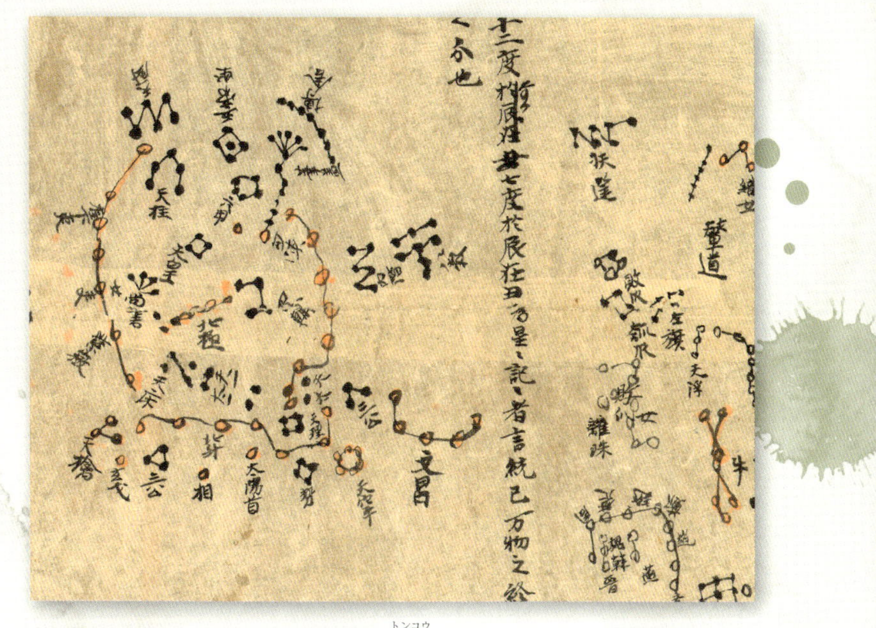

わかっている限り世界最古の星図である敦煌の星図
（中国　700年ごろ）

大英図書館所蔵

「みなさんは、『天文学』で惑星やその衛星の名前を勉強しましたね」フィレンツェの静かな声が続いた。
「そして、天空を巡る星の運行図を作りましたね」

『ハリー・ポッターと不死鳥の騎士団』

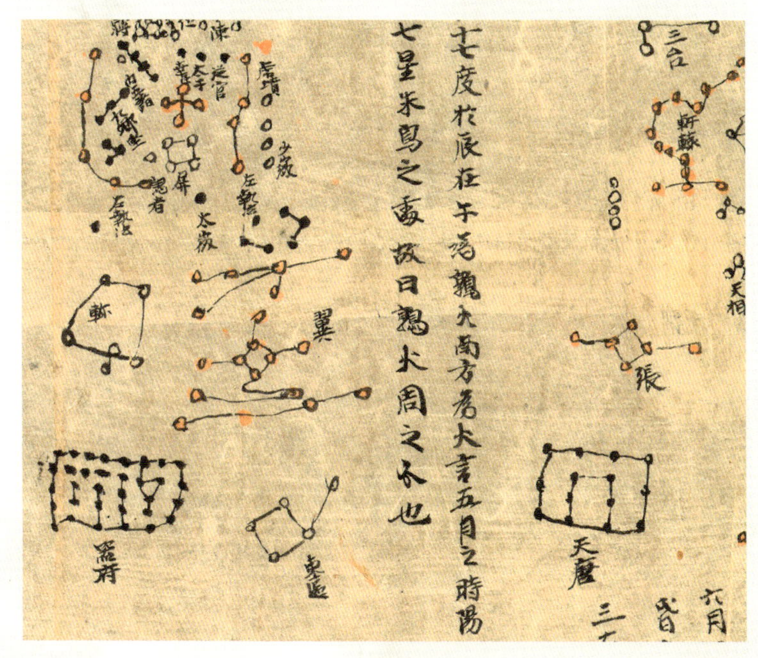

中国でこの星図が作られたころ（西暦700年）は、星の動きが地上の皇帝と朝廷の活動を直接反映していると考えられていました。例えば、日食はもうすぐ攻め込まれる前触れだとされることがありました。星図には、黒、赤、白の３色で星が示されています。これらの星は、この星図が作られる前の千年間にわたって研究してきた古代中国の天文学者が確認したものです。

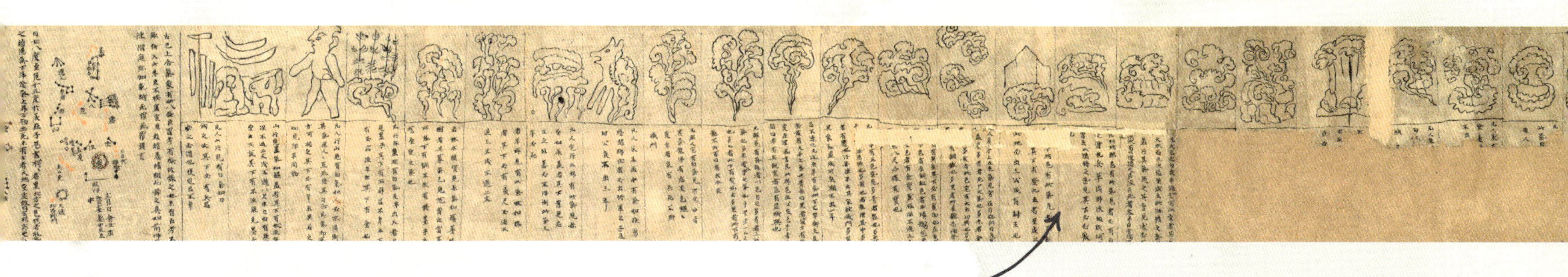

この古代の星図の長さは２メートル

レオナルドが見た月

発明家、科学者、芸術家のレオナルド・ダ・ビンチは、時代を何世紀も先取りしていました。レオナルドは、生涯を通じて、右から左に読む鏡文字で、数えきれないほどたくさんのメモを書きつづっていました。下のメモの右中央にある影を付けた図は、太陽、月、地球の配列に基づく光の反射を説明しています。

レオナルドは、月が水で覆われていて、月の表面が凸面鏡のように光を反射すると信じていました。

天文学に関するメモとスケッチ
レオナルド・ダ・ビンチの手稿より
（イタリア　16 世紀）

大英図書館所蔵

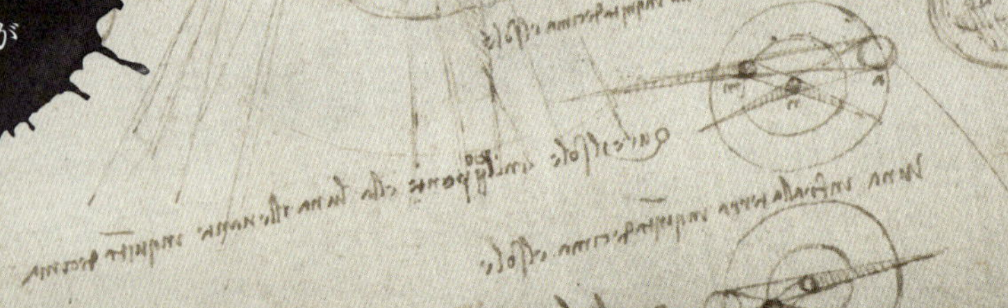

豆知識

太陽系の惑星の中で、月（衛星）があるのは地球だけではありません。木星には、わかっている限りで 67 個の衛星があります。

「この世で一番幸せな人には、『みぞの鏡』は普通の鏡になる。その人が鏡を見ると、そのまんまの姿が映るんじゃ。……鏡が見せてくれるのは、心の一番奥底にある一番強い『のぞみ』じゃ。それ以上でもそれ以下でもない」

ダンブルドア教授／『ハリー・ポッターと賢者の石』

やってみよう

暗号文

『賢者の石』でハリーが見つけた「みぞの鏡」には、下のような文字が刻んでありました。紙を用意し、最後の文字から先に、下の文字を逆に書き写していくと、刻んであった文がわかります。

すつうを　みぞの　のろここ　のたなあ　くなはで
おか　のたなあ　はしたわ

『ハリー・ポッターと賢者の石』

答え：私はあなたの顔ではなく、あなたの心の望みを映す

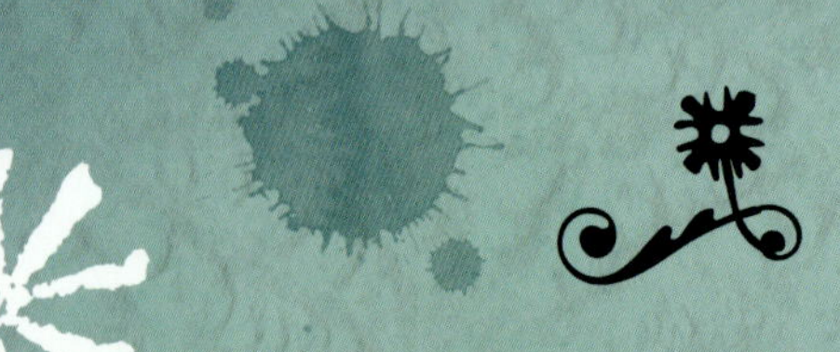

占い学

「みなさまがお選びになったのは、『占い学』。魔法の学問の中でも一番難しいものですわ。はじめにお断りしておきましょう。『眼力』の備わっていない方には、あたくしがお教えできることはほとんどありませんのよ……」

トレローニー教授／『ハリー・ポッターとアズカバンの囚人』

占い学は、未来と未知のことについて知ろうとするものです。占いは大昔から、さまざまな文化で行われてきました。占いの方法には、手相、水晶占い、トランプ占い、茶の葉占いをはじめとしてたくさんの方法があり、予見者はこれらの方法を使って未来を見通し、予言します。

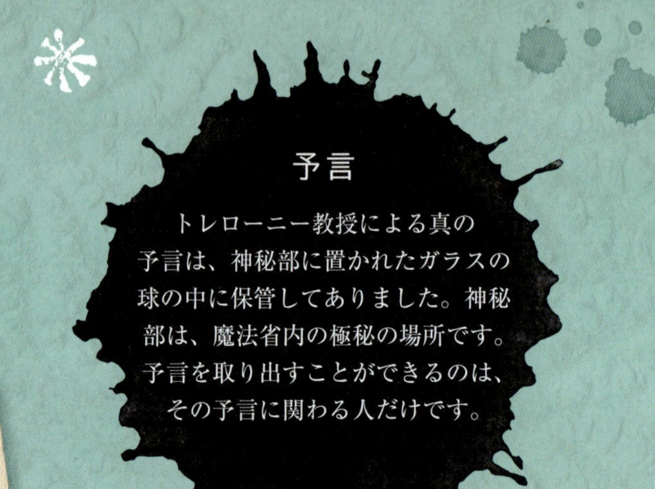

予言

トレローニー教授による真の予言は、神秘部に置かれたガラスの球の中に保管してありました。神秘部は、魔法省内の極秘の場所です。予言を取り出すことができるのは、その予言に関わる人だけです。

シビル・トレローニー教授

担当：占い学

外見：トレローニー教授はひょろりとやせていて、目が実物より数倍も大きく見える大きなメガネをかけています。ショールをまとい、首からくさりやビーズ玉を何本もぶら下げ、腕や手に数えきれないほどの腕輪や指輪を着けています。

豆知識：トレローニー教授は、有名な予見者だったカッサンドラ・トレローニーのひひ孫です。予見者は予言者とも呼ばれ、未来を見通して何が起こるか予言できるとされています。「シビル」と「カッサンドラ」の名は、どちらも「予見者」という意味の言葉と関係があります。古い歴史を通じて、「シビュラ（シビル）」という言葉は、未来を見通すことができる女性を指すのに使われてきました。また、カッサンドラは、アポロンから予言の能力を授かったトロイアの予言者でした。

シビル・トレローニー教授の肖像画　ジム・ケイ 作

ブルームズベリー社所蔵

データ

未来の予測

人々は何千年も前から、未来に何が待ち受けているのかを知ろうとしてきました。未来を予知する変わった方法としては、雲の様子や、鳥の飛び方や、いけにえにした動物の内臓（はらわた）または肝臓を見て占うものもあります。ほくろやあざを見て未来を予測する「ほくろ占い」という方法もあります。

マザー・シプトン

1797年に出版されたこの本は、ヨークシャー地方の女予言者「マザー・シプトン」について書いてあります。マザー・シプトンが実在したかどうかは確かではなく、その生涯についてもほとんど知られていませんが、鼻が大きくて丸く、あごが出ていて毛深かったと言われています。また、未来を予言する能力だけでなく、空中に浮く能力も持っていたと伝えられています。

マザー・シプトンの最も有名な予言は1530年のもので、ヨーク大主教に任命されたウルジー枢機卿（すうききょう）について、「ヨーク市を見ることはできるが、到着することはできない」と予言しました。この絵が載っていた本によると、ウルジーは近くの城の上からヨーク市を見ましたが、その直後に逮捕され、ロンドンに連行されたため、マザー・シプトンの予言のとおり、ヨーク市にたどり着くことはできませんでした。

現在、マザー・シプトンについて最もよく知られているのは、ヨークシャーのネアズバラにある「ドロッピング・ウェル」（水がしずくとなって落ちる泉）の近くで生まれたと言われているということです。昔から、この泉の水は不思議な性質を持ち、数週間で物を石に変えることができると言われていました。

『Wonders!!! Past, Present, and to come; being the strange prophecies and uncommon predictions of the famous Mother Shipton（奇跡 !!! 過去、現在、未来
著名なマザー・シプトンによる不思議な預言と非凡な予測』
（ロンドン　1797年）

大英図書館所蔵

豆知識

ドロッピング・ウェルは、本当に物を石に変えるわけではありません。泉の水にはミネラルが多く含まれているため、長い間、物にポタポタと垂れ続けると、水分が少しずつ蒸発してミネラルが残り、表面に硬い殻のようなものができます。これが石のように見えるのです。

魔法の鏡

鏡など、光を反射する面を使って未来を予言することは古代から行われ、「スクライング」と呼ばれています。この言葉は、「見つける」という意味の「デスクライ」という言葉から来ています。スクライングでは、メッセージが感じられたり、何かが見えたりしないかに注意しながら、光沢のある面を見つめます。

この鏡は、魔法使いのセシル・ウィリアムソン（1909～1999年）が所有していたものです。ウィリアムソンは、「（この鏡をのぞき込んでいて）突然、誰かが自分の後ろに立っているのが見えたら、絶対に振り向いてはいけない」と警告していたとされています。

『ハリー・ポッターと賢者の石』でハリーが見つけた「みぞの鏡」は、スクライング用のものではなく、鏡を見る人の心の一番奥底にある望みを見せてくれます。

「夢にふけって、生きることを忘れてしまうのはよくない。それをよく覚えておきなさい」

ダンブルドア教授／『ハリー・ポッターと賢者の石』

木製の魔術鏡

魔法博物館所蔵

水晶玉

「水晶占いは、とても高度な技術ですのよ」夢見るような口調だ。「球の無限の奥深くを初めてのぞき込んだとき、皆さまが初めから何かを『見る』ことは期待しておりませんわ。まず意識と、外なる目とをリラックスさせることから練習を始めましょう……そうすれば『内なる目』と超意識(ちょういしき)とが澄んできます。幸運に恵まれれば、皆さまの中の何人かは、この授業が終わるまでには『見える』かもしれませんわ」

トレローニー教授／『ハリー・ポッターとアズカバンの囚人』

水晶占いの起源は中世にさかのぼります。水晶玉は今でも、占い道具としてとてもよく知られています。

この大きな水晶玉は、20世紀に使われた典型的なものです。台は手の込んだもので、エジプト風の柱の根元に3頭のグリフィンがいます。

水晶玉と台

魔法博物館所蔵

息苦しいほどの暑さだ。
暖炉の上にはいろいろなものがゴチャゴチャ置かれ、
大きな銅のヤカンが火にかけられ、その火から、
気分が悪くなるほどの濃厚な香りが漂っていた。

『ハリー・ポッターとアズカバンの囚人』

下の黒い水晶玉を使っていた「スメリー・ネリー」(「スメリー」は「くさい」という意味) という魔女は強い香りが好きで、占いを助けてくれる霊が香りに引き付けられると信じていました。この黒い水晶玉はムーン・クリスタルと言い、月の反射が読めるように、夜に使うものでした。スメリー・ネリーがこの水晶玉を使っているのを見たある人は、「風下では1マイル離れた場所にいてもにおった」と言い、「満月の夜、水晶玉を持ったスメリー・ネリーがいるときに外に出るのはなかなかの体験だ」と語っています。

黒いムーン・クリスタルの球

魔法博物館所蔵

中国の甲骨文字

甲骨文字は3千年以上前、古代中国で占いの儀式に使われていました。戦争、農業、自然災害などの問題に関して聞きたいことを骨に刻んでから、金属の棒で骨を熱し、できたひび割れの模様を占い師が読んで、質問に対する答えを判断します。

下の骨は動物の肩甲骨で、殷王朝時代の文字が刻まれています。これは、現在確認できる最古の漢字です。この骨には、今後10日間に災いは起こらないと記されています。一番上の中ほどには「月」という文字が見えます。骨の裏には、月食が観察されたことが記録されています。この月食は、紀元前1192年12月27日に起こったと専門家によって推定されています。日食や月食によって暗くなるのは不吉なしるしとされ、先祖の霊を鎮めなければならないと考えられていました。

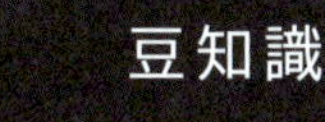

豆知識

甲骨文字を書くのに使われたのは、主に牛の肩甲骨や、亀の腹側にある平らな甲（腹甲）でした。

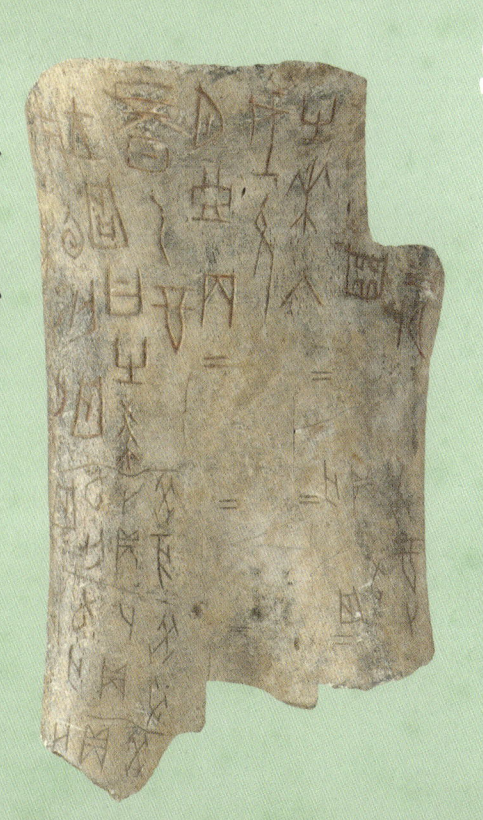

甲骨文字
(中国　紀元前1192年)

大英図書館所蔵

タイの占い手引書

19世紀のシャム（現在のタイ）では、恋愛や人間関係について、「モードゥー」という占いの専門家に相談する習慣がありました。この占い手引書（プロンマチャット）には十二支に基づく占いが書かれ、十二支のそれぞれの動物の絵と、それが持つとされる性質（木、火、土、金、水の五行）も記載されています。

十二支のそれぞれのページの後には、特定の状況にある人の運命を象徴する絵がたくさん描かれています。画家の名前は明かされていませんが、顔の表情、手の仕草、身ぶりや、凝ったデザインの服、装身具まで、絵の細部の一つひとつに念入りな注意を払って描いています。この手引書でおもしろいのは、カップルの運勢を占うとき、2人の星座とともに性格も考慮している点です。

タイの占い手引書（プロンマチャット）
（シャム　19世紀）

大英図書館所蔵

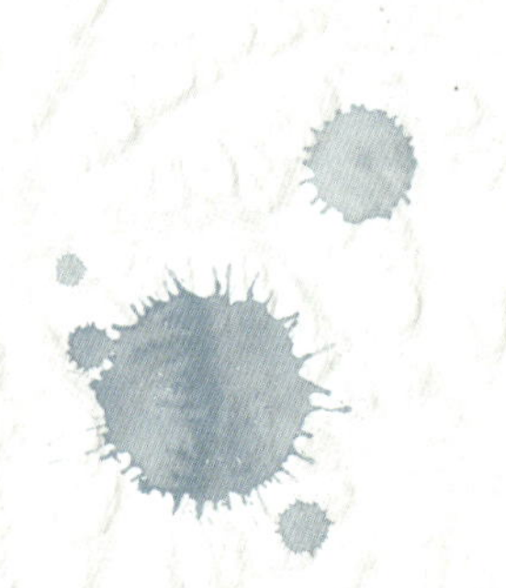

十二支

十二支は12年をひと回りとして繰り返されるもので、それぞれの年は動物で表され、その順番はいつも同じです。12年の周期の最初の年はねずみ年です。

十二支の動物にはそれぞれ違う特徴があり、その年に生まれた人はその特徴に影響を受けるとされています。例えば、とり年生まれの人は正直で野心的で賢く、さる年生まれの人は温和で正直で機転がきくとされています。

十二支にはなぜこの12種類の動物が使われているのでしょうか？ これにはいろいろな説があります。ある物語では、偉大な皇帝が動物たちに、「私の宮殿に着いた順に従って、それぞれの年に動物の名前を付ける」と言いました。

動物たちが宮殿に行くには、川を渡らなければなりません。泳げる動物はすぐに川に飛び込みました。けれども、ネズミと猫は泳げなかったので、牛の上に飛び乗って、ただ乗りしました。あと少しで向こう岸に着くというとき、ネズミは猫を川に突き落とし、走って前へ出て、一番乗りとなりました。だから猫年はないのです。

十二支の動物

子（ね）— ネズミ
丑（うし）— 牛
寅（とら）— トラ
卯（う）— ウサギ
辰（たつ）— 龍（りゅう）
巳（み）— ヘビ
午（うま）— 馬
未（ひつじ）— 羊
（中国ではヤギも含む）
申（さる）— サル
酉（とり）— ニワトリ
戌（いぬ）— 犬
亥（い）— イノシシ
（中国では豚）

占い用トランプ

曲がり角からトレローニー先生が現れた。先生は汚らしいトランプの束を切り、歩きながらそれを読んではブツブツ独り言を言っていた。
「スペードの２、対立」
ハリーがうずくまって隠れているそばを通りながら、先生がつぶやいた。
「スペードの７、凶。スペードの 10、暴力。スペードのジャック、黒髪の若者。おそらく悩める若者で、この占い者を嫌っている――」

『ハリー・ポッターと謎のプリンス』

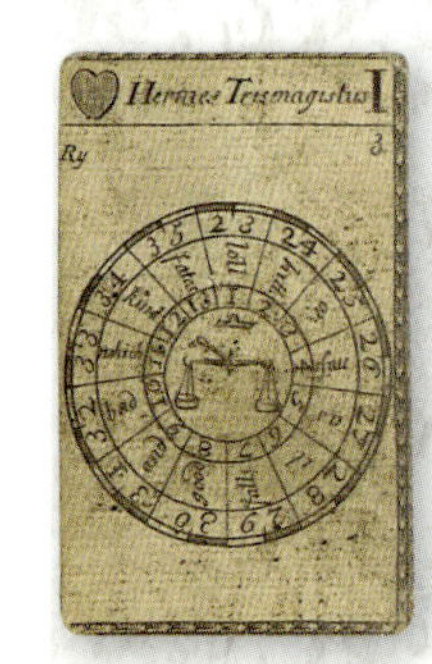

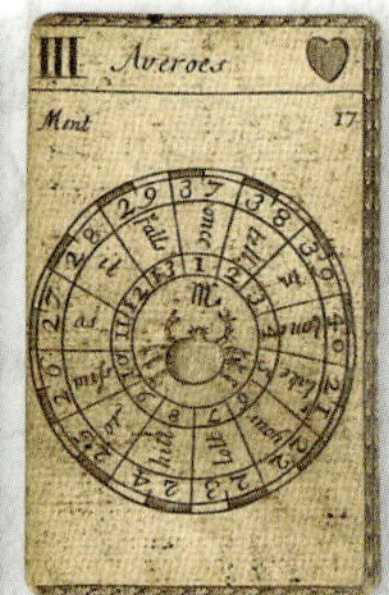

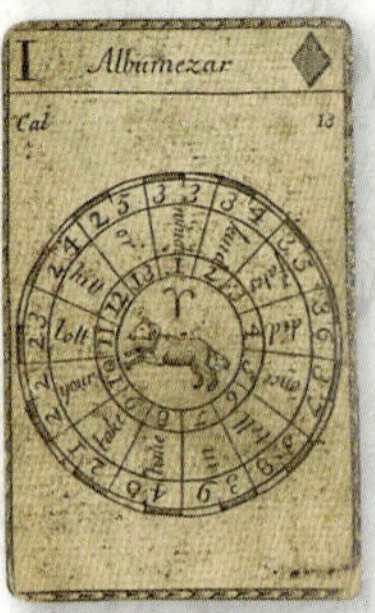

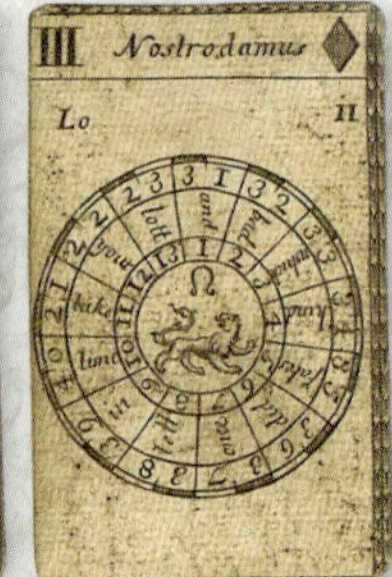

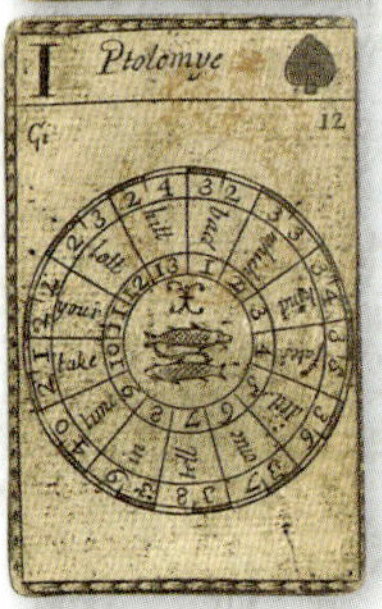

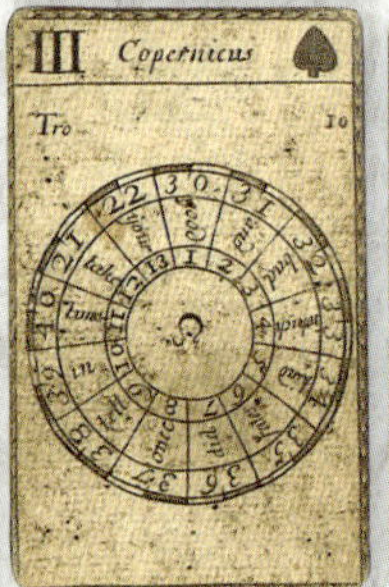

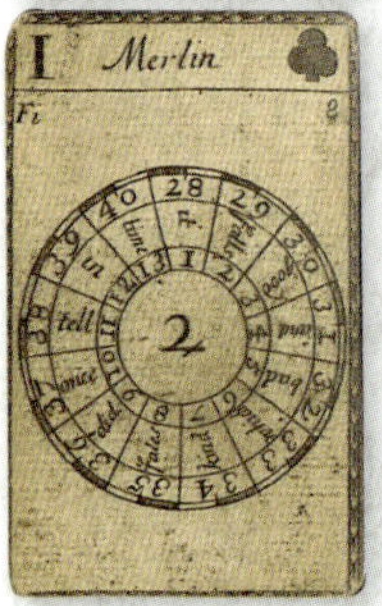

占い用トランプ１組
（ロンドン　1745 ～ 1756 年ごろ）
大英図書館所蔵

トランプ占いは、トランプを使って未来を予測する占いです。トランプは昔から占いに使われていますが、ここに挙げた１組のトランプは、占い専用に作られた最古のトランプであると言われています。この 52 枚のカードは 18 世紀にトランプの専門家ジョン・レントール（1683 ～ 1762 年）が作ったもので、独自の手順に従って使われます。

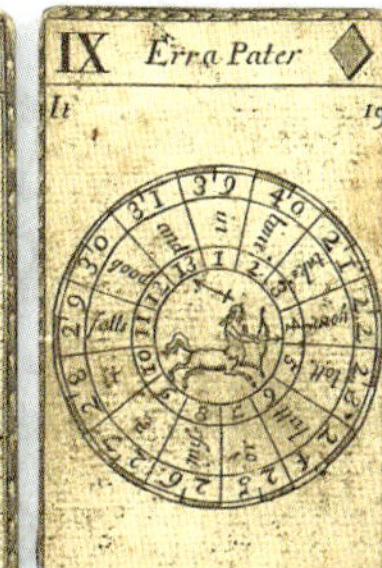

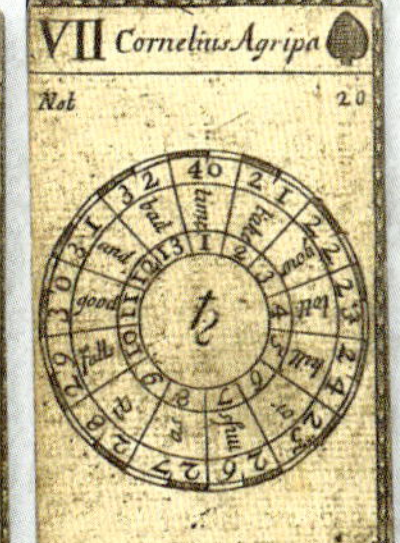

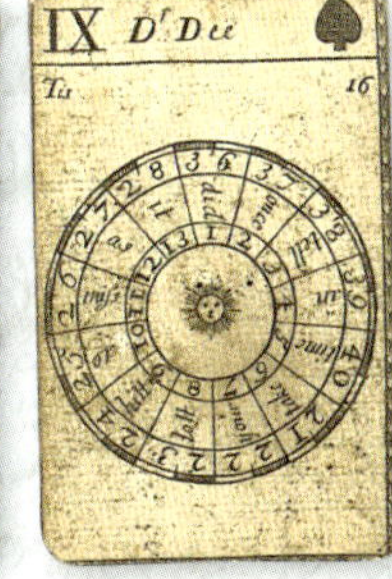

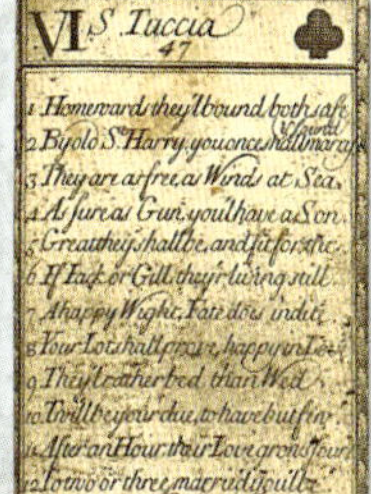

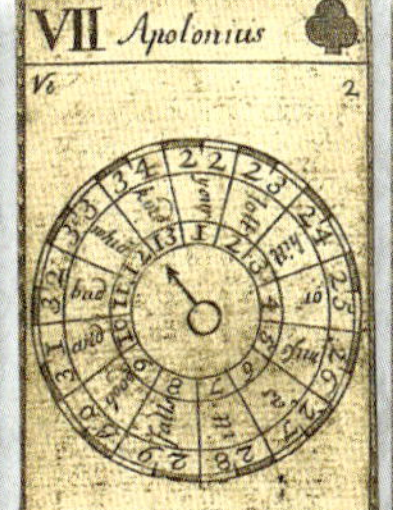

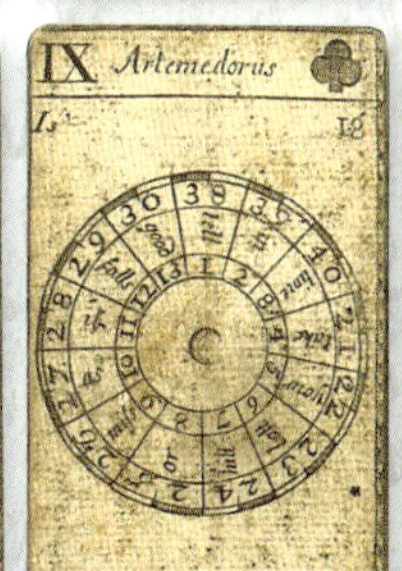

まず、キングのカードが質問を促し、韻を踏んだ謎めいた句という形で答えが出ます。カードにはそれぞれ、マーリン、ファウスト博士、ノストラダムスなど、有名な天文学者、予見者、または魔術師の名前が記してあります。占星術や占いとつながりのある人物がカードに書かれていることにより、そのカードが告げる予言に対する信頼を高めるのがねらいです。

データ

- マーリンは、アーサー王に助言した伝説の魔法使いです。
- ファウスト博士はドイツの伝説に登場する人物で、無限の知識と快楽を得るのと引き換えに、悪魔に魂を引き渡しました。
- ノストラダムスは実在したフランスの医師で、1555 年に予言集を出版しました。

手相

手相の読み方　占いに関する写本より
（イングランド　14 世紀）

大英図書館所蔵

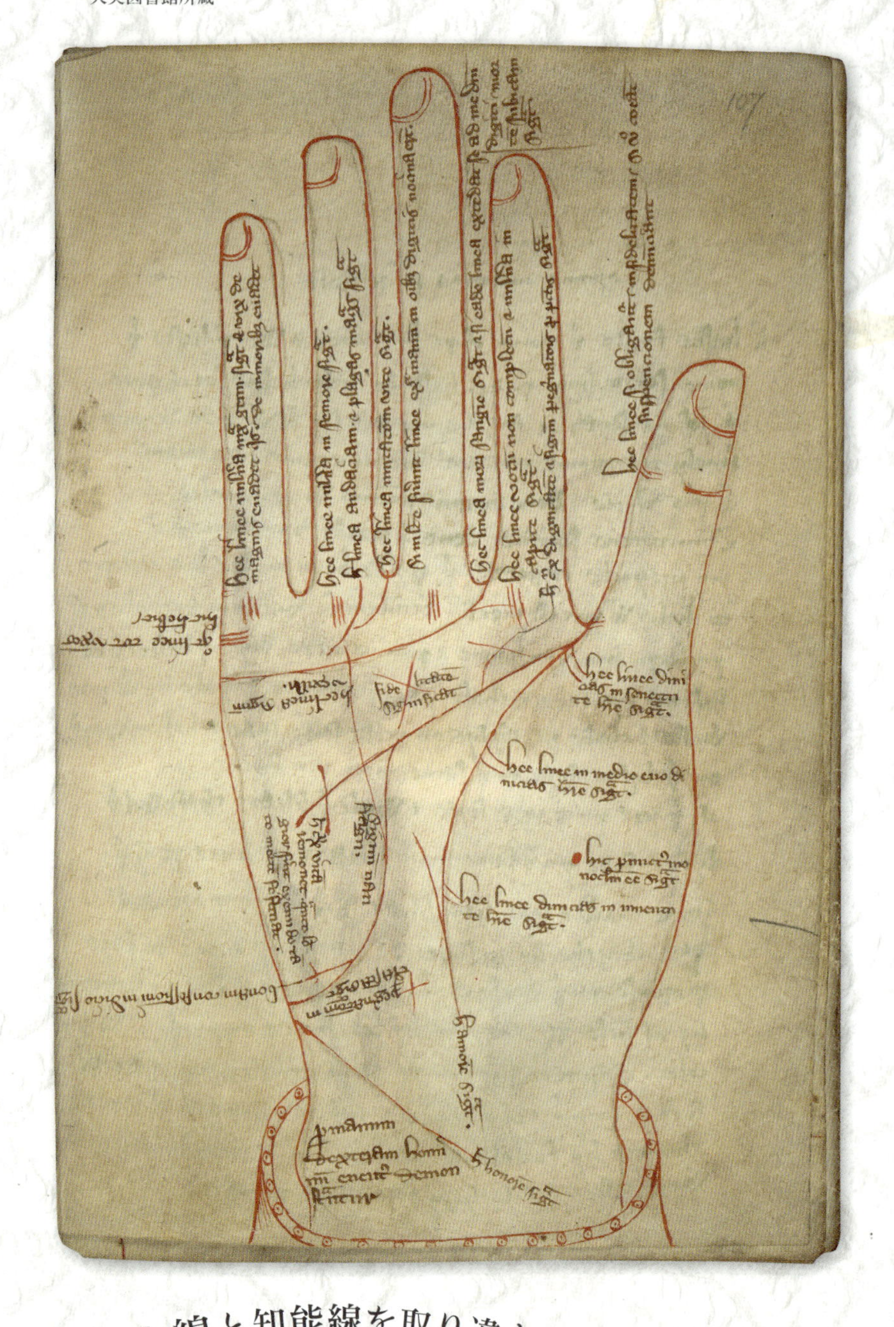

トレローニー先生は今度は手相を教えはじめたが、いちはやく、これまで見た手相の中で生命線が一番短いとハリーに告げた。

『ハリー・ポッターとアズカバンの囚人』

手相占いとも言う手相は、手の形や手のひらの線を見て将来を予測する、古代からある占いです。西欧では、アラビアから影響を受けて、12 世紀に初めて手相に関心が持たれるようになりました。

この図が描かれていた中世の写本には、占いについてのさまざまな文章が載っています。手には 3 本の主要な線があり、「三角形」になっています。この図は右手を示したもので、3 大線とその他の補助的な線が描いてあります。手のひらを縦に走る線のひとつには、「この線は恋愛を表す」と書いてあります。中指と薬指の間を走る別の縦線はあまりいい意味ではなく、「この線はむごい死を意味し、指の半ばまで線が及んでいれば突然死を意味する」とあります。目のトラブルや伝染病など、体の不調や病気を予言するとされる線や、度胸などの性格的特徴を表す線もあります。

ハリーの大失敗の極めつきは、「手相学」で生命線と知能線を取り違え、マーチバンクス教授は先週の火曜日に死んでいたはずだと告げたことだった。

『ハリー・ポッターと不死鳥の騎士団』

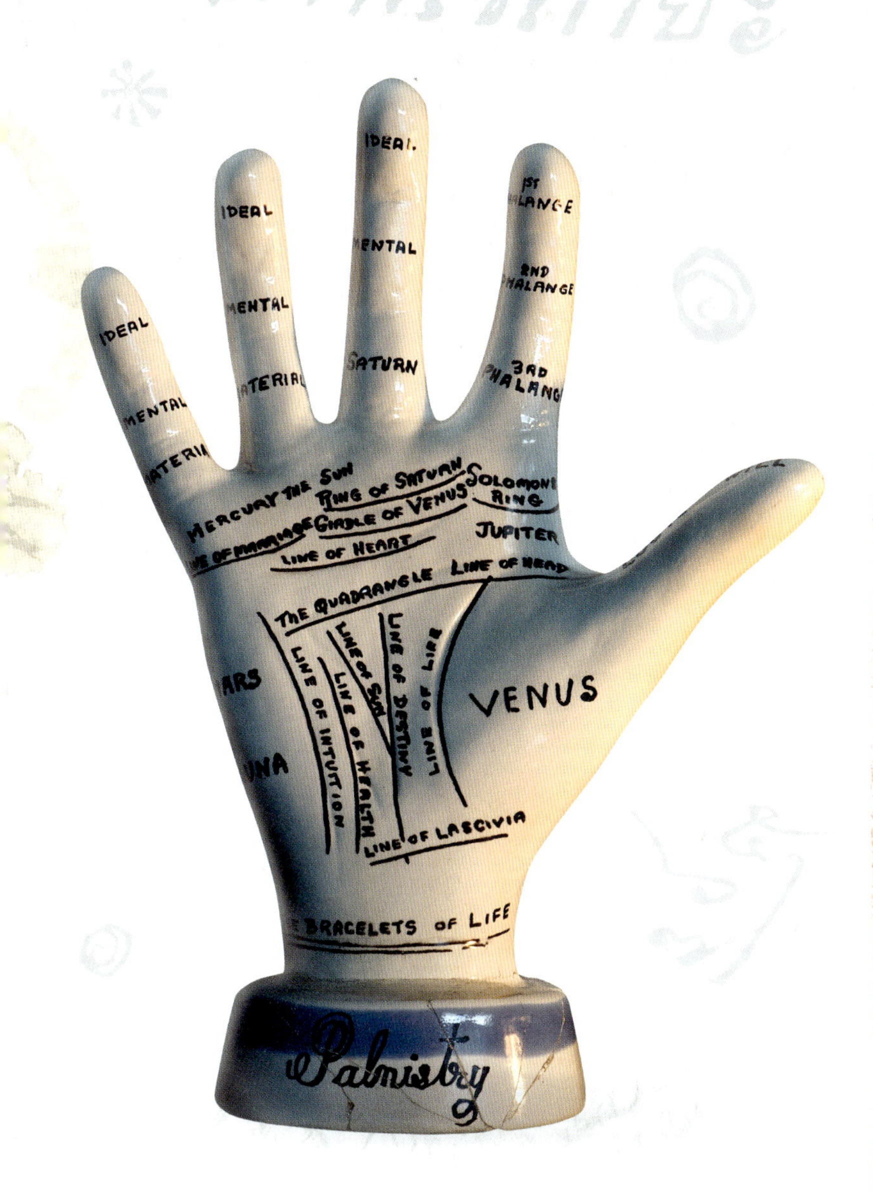

この陶器の手相模型は、参考用として使われていたもののようです。この模型には、手のひらや手首の重要な線や丘と、それが持つ意味がいくつか書いてあります。このような手の模型は、イギリスでは1880年代に初めて製造されました。この時代には、有名な占星術師ウィリアム・ジョン・ウォーナー（1866～1936年、別名カイロ、またはルイス・ハモン伯爵）の影響で、手相の人気が高まってきました。ウォーナーは、オスカー・ワイルドやプリンス・オブ・ウェールズ（イギリスの皇太子）など有名人の客が多く、このような人々にじきじきに占いをしていたということです。

手相模型

魔法博物館所蔵

やってみよう

自分の手のひらで、手相の線を探してみましょう。まず、線を見やすくするため、手形をとります（巨大な指紋をとるようなものです）。手形をとるには、手のひらと指をスタンプ台に押しつけてインクをよくつけてから、白い紙に手をしっかりと押しつけ、手をまっすぐ上に持ち上げます。次に、インクをつけ直さないで、もう１枚の紙に同じように手を押しつけます（１回目はインクが多すぎることがあるため）。これで、手のひらの線がはっきり見えます。手のひらの主な線は、感情線、知能線、生命線、運命線の４本です。手形でこの４本を見つけられますか？

① 感情線
② 知能線
③ 運命線
④ 生命線

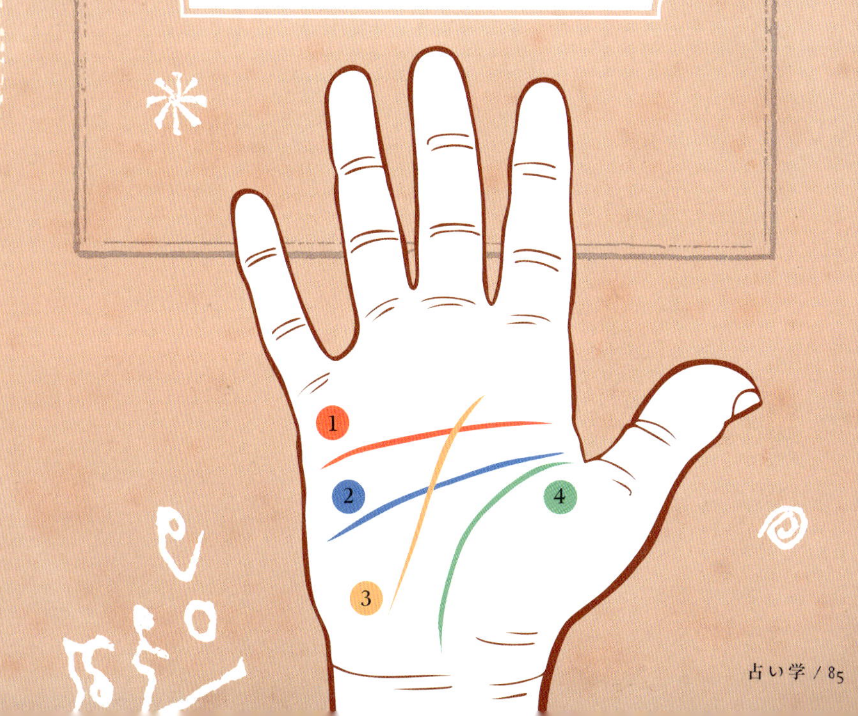

茶の葉占い

「茶の葉占い」と言う意味の英語は「タッセオグラフィー」で、これはフランス語の「タッセ」(「カップ」という意味)とギリシャ語の「グラフ」(「書かれたもの」という意味)から来ています。茶の葉占いはカップに残ったおり(通常は茶葉による)を見て占うものです。

ここに挙げたのは茶の葉占いについて書かれた小冊子に載っていたものです。この小冊子では、茶の葉占いが初めて行われたのは紀元前229年だとされています。この年、中国の王女が占星術を見限り、研究者から紹介された、茶葉を使った新しい占い術を採用することにしました。

小冊子には、カップの底に残った葉が描くさまざまな形を解読するのに役立つ、便利な手引が載っています。葉の形の中には、まるで見分けのつかないものもあります。例えば、38番の「知らない人に会う」と42番の「敵を作る」です。予言はとてもぼんやりとしたものが多いですが、変にはっきりしているものもあります。例えば44番には、「海軍に関心を持つようになる」と書いてあります。

『How to Read the Future with Tea Leaves
(茶葉で未来を判断する方法)』
中国語翻訳:マンドラ(スタムフォード　1925年ごろ)

大英図書館所蔵

10

31 You will attend an important meeting.
32 You will have a lot of trouble.
33 You will be in an accident.
34 You will be much loved.
35 You will make a profitable contract.
36 You will be very happy when married.
37 You will be highly honoured.
38 You will meet a stranger. *Beware!*
39 You will have a loss.

II

41 You will have a large family.
42 You will make an enemy.
43 If you ask a favour now it will be granted.
44 You will be interested in the Navy.
45 You will be prosperous and happy.
46 You have found a new love.
47 You will have bad news.
48 You will attend a wedding.
49 You will make a good bargain.
50 You will meet your beloved soon.

茶の葉占いに関するヨーロッパ最古の記述は、中国から茶が入って来た後の17世紀に登場しました。カップの中に残った茶葉は、その場所や形によって、象徴する意味が違います。このピンクの占い用カップ(右ページ)は、1930年代に、スタッフォードシャーのボーンチャイナ製造会社であるパラゴン社によって作られました。カップの内側には、茶葉でできた模様を読むときの参考用に記号が付いています。縁には、「お茶の中の運勢を占う私には、不思議なことがいろいろ見える」という意味の引用句がぐるりと書かれています。

「よーし。なんだかゆがんだ十字架があるよ……」ハリーは「未来の霧を晴らす」を参照しながら言った。「ということは、『試練と苦難』が君を待ち受ける——気の毒に——。でも、太陽らしきものがあるよ。ちょっと待って……これは『大いなる幸福』だ……それじゃ、君は苦しむけどとっても幸せ……」

ハリー／『ハリー・ポッターとアズカバンの囚人』

運勢を告げるティーカップとソーサー
パラゴン社製（ストーク＝オン＝トレント
1932～39年ごろ）

魔法博物館所蔵

スコットランドの占い手引書

これは、スコットランドで行われている茶の葉占いについて書かれた詳しい手引書です。著者は匿名ですが、表紙に「スコットランド高地の予見者」とあります。この本には、茶葉によってできたさまざまな形の解釈方法だけでなく、最適なカップの大きさや形、使う茶の種類も説明してあります。また、茶葉が描くシンボルがカップの中のどこに現れるとどういう意味を持つかも解説してあります。例えば、現れる位置がカップの取っ手に近ければ近いほど、予言された出来事が早く起こる、と書いてあります。

豆知識

茶はチャノキの葉から作られます。きれいな花が咲くので、イギリスではチャノキを実際に育てている人もいます。

スコットランド高地の予見者著
『Tea Cup Reading: How to Tell Fortunes by Tea Leaves（ティーカップ占い：茶葉で運勢を見る方法）』（トロント　1920年）

大英図書館所蔵

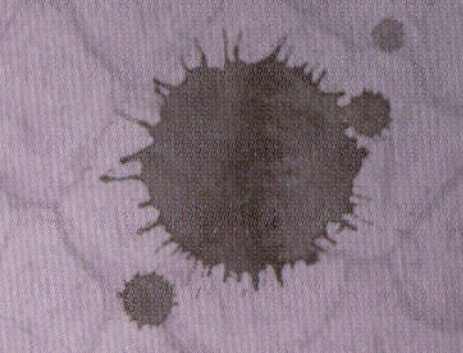

闇の魔術に対する防衛術

みんなが一番待ち望んでいた授業は、「闇の魔術に対する防衛術」だった……

『ハリー・ポッターと賢者の石』

闇の魔術に対する防衛術は、ホグワーツ魔法魔術学校で教えられている必須科目です。この科目の授業では、闇の魔術や闇の生き物、そしてたくさんある闇の呪いから身を守る方法を学びます。闇の魔術に対する防衛術を担当する教授の職は呪われているというわさがあり、だから毎年、新学年になると新しい先生がやって来ると言われています。

データ

昔の防衛術

人々は昔から、闇の魔術から身を守ろうとしてきました。イギリスでは、魔女が家に入ってくるのを防ぐため、五角の星形、花模様、「V」と「M」の文字（「聖母マリア」という意味の「Virgin Mary」の頭文字）を刻んだ石が、家のドアや窓や煙突のそばに置かれていたものです。セイヨウナナカマドの木も、悪霊を遠ざけるとされていました。この木は、死者の霊を見守るため、墓地に植えられていました。また、身の安全を守るため、この木の小枝を持ち歩いたり、戸口の上に付けたりすることもありました。

クィリナス・クィレル教授

クィレル教授は神経質でいつも震えています。暗い秘密を隠すために、大きな紫色のターバンを巻いています。

ギルデロイ・ロックハート教授

ロックハート教授は、輝くような白い歯と忘れな草のような青い目を持っています。そのウィンクとスマイルに、ほとんどの人がだまされます。

リーマス・ジョン・ルーピン教授

ルーピン教授は、たくさんの生徒から、闇の魔術に対する防衛術を教えてもらった先生の中で最高だったと認められています。子供のころにフェンリール・グレイバックにかまれ、狼人間であることを長年秘密にしていました。

アラスター・ムーディ教授（マッド-アイ・ムーディ）

ムーディ教授は、実はポリジュース薬を飲んで変身したバーティ・クラウチ・ジュニアだったことが、のちに判明しました。

ドローレス・アンブリッジ教授

アンブリッジ教授は、体がずんぐりとして幅広く、顔がたるんでいます。ハリーはアンブリッジ教授を初めて見たとき、大きなガマガエルのようだと思いました。

セブルス・スネイプ教授

スネイプ教授はねっとりした黒髪で、土気色（つちけいろ）の顔をしています。ハリーがホグワーツ6年生のときに、闇の魔術に対する防衛術の教師になる夢をやっとかなえました。

アミカス・カロー教授

カロー教授はアレクトの兄で、『ハリー・ポッターと死の秘宝』で闇の魔術に対する防衛術の教師に就任しました。

ルーピン教授の肖像画
ジム・ケイ 作
ブルームズベリー社所蔵

赤い目

『ハリー・ポッターと賢者の石』で、ハリーは、死喰い人を率いる闇の魔術の達人、ヴォルデモート卿の存在を知ります。

ここに挙げたのは、『ハリー・ポッターと賢者の石』の初期のタイプ原稿の一部です。

「持っていた古い電動タイプライターでタイプした本は、これ１冊だけ」

J.K. ローリング　2017 年

この章は『ハリー・ポッターと賢者の石』の最初の部分です。ここに描かれている物語の細かい部分は、本にも出ていてなじみのあるもののこともありますが、物語の始まり方や登場人物の役柄は大きく違います。例えば、ダドリーはこの原稿では「ディズベリー」と呼ばれています。また、「ファッジ」はマグルとなっています！

この場面を読むと、『ハリー・ポッターと死の秘宝』の第１章で、コーネリウス・ファッジがマグルの首相のところに行く場面が思い浮かびます。

「アイディアを切り取って、後の本で使うことがよくある。いい場面を無駄にしたくないから」

J.K. ローリング　2017 年

この場面では、ハグリッドが執務室にいるファッジに会いに行き、「例のあの人」について警告します（この初期の原稿でも、ハグリッドは名前を口に出そうとしません）。それを聞いたファッジは、「赤目の小人」と表現されているその人物について国民に警告します。赤い目は、ヴォルデモート卿の最終的な描写にも残っていますが、物語に登場するヴォルデモートの恐ろしい姿が完全にでき上がるまでには時間がかかりました。

"Your kind?"

"Yeah... our kind. We're the ones who've bin disappearin'. We're all in hidin' now./ But I can't tell yeh much abou' us. Can't 'ave Muggles knowin' our business. But this is gettin' outta hand, an' all you Muggles are gettin' involved - them on the train, fer instance - they shouldn'ta bin hurt like that. That's why Dumbledore sent me. Says it's your business too, now."

"You've come to tell me why all these houses are disappearing?" Fudge said, "And why all these people are being killed?"

"Ah, well now, we're not sure they 'ave bin killed," said the giant. "He's jus' taken them. Needs 'em, see. 'E's picked on the best. Dedalus Diggle, Elsie Bones, Angus an' Elspeth McKinnon ... yeah, 'e wants 'em on 'is side."

"You're talking about this little red-eyed -?"

"Shh!" hissed the giant. "Not so loud! 'E could be 'ere now, fer all we know!"

Fudge ~~shivered~~ shuddered and looked wildly aroudn them. "C - could he?"

"S'alright, I don' reckon I was followed," said the giant in a gravelly whisper.

"But who is this person? What is he? One of - um - your kind?"

The giant snorted.

"Was once, I s'pose," he said. "But I don' think 'e's anything yeh could put a name to any more. ~~'E's not an animal. 'E's not properly~~ 'E's not a 'uman. Wish 'e was. 'E could be killed if 'e was still 'uman enough."

"He can't be killed?" whispered Fudge in terror.

"Well, we don' think so. But Dumbledore's workin' on it. 'E's gotta be stopped, see?"

"Well, yes of course," said Fudge. "We can't have this sort of thing going on..."

"This is nothin'," said the giant, "'E's just gettin' started. Once 'e's got the power, once 'e's got the followers, no-one'll be safe. Not even Muggles. I 'eard 'e'll keep yeh alive, though. Fer slaves."

Fudge's eyes bulged with terror.

"~~But who is this---this person?~~

"This Bumblebore - Dunderbore -"

"Albus Dumbledore," said the the giant severely.

"Yes, yes, him - you say he has a plan?"

"Oh, yeah. So it's not hopeless yet. Reckon Dumbledore's the only one He's still afraid of. But 'e needs your 'elp. I'm 'ere teh ask yeh."

""Oh dear," said Fudge breathlessly, "The thing is, ~~I'd be~~ was planning to retire early. Tomorrow, as a matter of fact. Mrs. Fudge and I were thinking of moving to Portugal. We have a villa-"

The giant lent forward, his beetle brows low over his glinting eyes.

"Yeh won' be safe in Portugal if 'e ain' stopped, Fudge."

"Won't I?" said Fudge weakly, "Oh, very well then... what is it Mr. Dumblething wants?"

"Dumbledore," said the giant. "Three things. First, yeh gotta put out a message. On television, an' radio, an' in the newspapers. Warn people not teh give 'im directions. 'Cause that's 'ow 'e's gettin' us, see? 'E 'as ter be told. Feeds on betrayal. I don' blame the Muggles, mind, they didn' know what they were doin'.

"Second, ~~yeh gotta make sure~~ ye're not teh tell anyone abou' us. If Dumbledore manages ter get rid of 'im, yeh gotta swear not ter go spreadin' it about what yeh know, abou' us. We keeps ourselves quiet, see? Let it stay that way.

An' third, yeh gotta give me a drink before I go. I gotta long journey back."

The giant's face creased into a grin behind his wild beard.

"Oh - yes, of course," said Fudge shakily, "Help yourself - there's brandy up there - and - not that I suppose it will happen - I mean, I'm a Muddle - a Muffle - no, a Muggle - but if this person - this thing - comes looking for me -?"

"Yeh'll be dead," said the giant flatly over the top of a large glass of brandy. "No-one can survive if 'e attacks them. Ain' never been a survivor. But like yeh say, yer a Muggle. 'E's not interested in you."

The giant drained his glass and stood up. He pulled out an umbreall a. It was pink and had flowers on it.

"I'll be off, then," he said.

"Just one thing," said Fudge, watching curiously as the giant opened the umbrella, "What is this - person's - name."

The giant looked suddenly scared.

"Can' tell yeh that," he said, "We never say it. Never."

He raised the pink umbrella over his head, Fudge blinked - and the giant was gone.

* * * * *

『ハリー・ポッターと賢者の石』の初期の原稿

J.K. ローリング所蔵

Fudge wondered, of course, if he was going mad. He seriously considerd the possibility that the giant had been a hallucination. But the brandy glass the giant had drunk from was real enough, left standing on his desk.

Fudge wouldn't let his secretary remove the glass next day. It reassured him he wasn't a lunatic to do what he knew he had to do. He telephoned all the journalists he knew, and all the television stations, chose his favourite tie and gave a press conference. He told the world there was a ~~maniac madman-about~~ a strange little man going about. A little man with red eyes. he told the public to be very careful not to tell this little man where anyone lived. Once he had given out this strange message, he said "Any questions?" But the room was completely silent. Clearly, they all thought he was off his rocker. Fudge went back to his office and sat staring at the giant's empty brandy glass. ~~This-was-the-end-of-his-career.-~~

The very last person he wanted to see was Vernone Dursley. Dursley woudl be delighted. Dursley would be happily counting the days until he was made Minister, now that Fudge was so clearly nuttier than a bag of salted peanuts.

But Fudge had another surprise in store. Dursley knocked quietly, came into his office, sat opposite him and said flatly,

You've had a visit from One of Them, haven't you?"

"~~One-of-~~ Fudge looked at Dursley in amazement.

"You - know?"

"Yes," said Dursley bitterly, "I've known from the start. I - happened to know there were people like that. Of course, I never told anyone.

* * * * *

~~Most-peop-~~
Perhaps ~~people-did-~~ most people did think Fudge

Whether or not nearly everyone thought Fudge had gone very strange, the fact was that he seemed to have stopped the odd accidents. Three whole weeks passed, and still the empty brandy glass stood on Fudge's desk to give him courage, and not one bus flew, the houses of Britain stayed where they were, the trains stopped going swimming. Fudge, who hadn't even told Mrs. Fudge about the giant with the pink umbrella, waited and prayed and slept with his fingers crossed. Surely this Dumbledore would send a message if they'd managed to get rid of the red eyed dwarf? Or did this horrible silence mean that the dwarf had in fact got everyone he wanted, that he was even now planning to appear in Fudge's office and vanish him for trying to help the other side - whoever they were?

And then - one Tuesday -

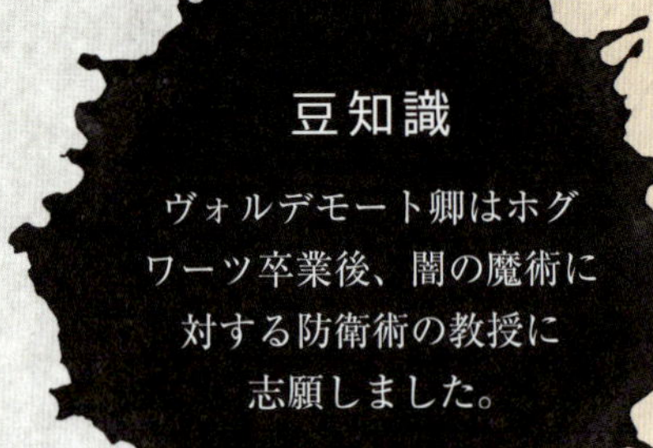

『ハリー・ポッターと賢者の石』の初期の原稿

J.K. ローリング所蔵

Later that evening, when everyone else had gone home, Dursley sneaked up to Fudge's office carrying a crib., which he laid on Fudge's desk.

The child was asleep. Fudge peered nervously into the crib. The boy had a cut on his forehead. It was a very strangely shaped cut. It looked like a bolt of lightening.

"Going to leave a scar, I expect," said Fudge.

"Never mind the ruddy scar, what are we going to do with him?" said Dursley.

"Do with him? Why, you 'll have to take him home, of course," said Fudge in surprise. "He's your nephew. His parents have vanished. What else can we do? I thought you didn't want anyone to know you had relatives involved in all these odd doings?"

"Take him home!" said Dursley in horror. "My son Didsbury is just this age, I don't want him coming in contact with one of these."

"Very well, then, Dursley, we shall just have to try and fin someone who does want to take him. Of course, it will be difficult to keep the story out of the press. Noone else has lived after one of these vanishments. There'll be a lot of interest -"

"Oh, very _well_," snapped Dursley. "I'll take him."

He picked up the crib and stumped angrily from the room.

Fudge closed his briefcase. It was time he was getting home too. He had just put his hand on the doorhandle when a ~~low~~ cough behind him made him clap his hand to his heart.

"Don't hurt me! I'm a Muggle! I'm a Muggle!"

"I know yeh are," said a ~~low,~~ growling voice.

It was the giant.

"You!" said Fudge. "What is it? Oh, Good Lord, don't tell me-" For the giant, he saw, was crying. Sniffing into a large spotted handkerchief.

"It's all over," said the giant.

"Over?" said Fudge faintly, "It didn't work? Has he killed Dunderbore? Are we all going to be turned into slaves?"

"No, no," sobbed the giant. "He's gone. Everyone's come back. Diggle, the Bones, the McKinnons... they're all back. Safe. Everyone 'e took is back on our side an' He's disappeared 'imself."

"Good Heavens! This is wonderful news! You mean Mr. Dunderbumble's plan worked?"

"Never 'ad a chance to try it," said the giant, mopping his eyes.

ハリーが
プリベット通りに

「きみが、母上の血縁の住むところを自分の家と呼べるかぎり、ヴォルデモートはそこできみに手を出すことも、傷つけることもできぬ。ヴォルデモートは母上の血を流した。しかしその血はきみの中に、そして母上の姉御(あねご)の中に生き続けている。母上の血が、きみの避難所となった。そこに1年に1度だけ帰る必要があるが、そこを家と呼べるかぎり、そこにいる間、あやつはきみを傷つけることができぬ……」

ダンブルドア／『ハリー・ポッターと不死鳥の騎士団』

J.K. ローリングはこの原画で、ハリー・ポッターがダーズリー家に送り届けられる場面を描いています。オートバイ用のゴーグルを着けたままのハグリッドは、赤ん坊のハリーをダンブルドア教授とマクゴナガル教授に見せるためにかがんでいます。この絵の中心となっているハリーは、白い毛布に包まれています。

ハリー・ポッター、ダンブルドア、マクゴナガル、
ハグリッドのスケッチ　J.K. ローリング 作

J.K. ローリング所蔵

魔法円

魔法界では、何かを守るために保護呪文が使われます。ホグワーツはマグルよけ呪文で守られています。マグルには、ホグワーツが廃墟となった古い城のようにしか見えません。この絵でジョン・ウィリアム・ウォーターハウス（1849～1917年）が描いたのは、身を守るために自分の周りに杖で魔法円を描いている女性です。背景には何もない奇妙な風景が広がり、魔法円の外には、ワタリガラスやヒキガエル、そして地面に半分埋まった頭蓋骨が見えます。魔法円の中には火が赤々と燃え、花が咲き、女性も美しく色鮮やかなドレスを着ています。

ジョン・ウィリアム・ウォーターハウス 作
「The Magic Circle（魔法円）」（1886年）
テート・ブリテン所蔵

「ここにいるなら、周りに保護呪文をかけないといけないわ」
ハーマイオニーは杖を上げて、ブツブツ呪文を唱えながら、ハリーとロンの周りに大きく円を描くように歩きはじめた。ハリーの目には、周囲の空気に小さな乱れが生じたように見えた。ハーマイオニーが、この空き地をかげろうで覆ったような感じだった。

『ハリー・ポッターと死の秘宝』

やってみよう

幽霊の瓶詰め

大きい透明なペットボトルに水をいっぱいに入れ、オレンジ色の食用色素を数滴加えます。大人に手伝ってもらって、薄くて白いポリ袋を下からおよそ10cmのところで横に切ります。これで小さい袋ができます。この袋に水を大さじ1杯入れ、水を集めながら袋をねじり、ねじったところを輪ゴムでしばります。
これで、水が入った幽霊の頭部ができます。
できた頭部に顔を描きます。頭部が瓶の口に入る大きさかどうか確かめてください。幽霊の体の部分に、縦に長い切り込みをたくさん入れます。
最後に、幽霊を頭から瓶に入れ、ふたをして瓶を振ると、幽霊が飛びます。

ヘビ使い

ヘビは、ハリー・ポッターの魔法界では際立った存在です。ホグワーツのスリザリン寮の創始者であるサラザール・スリザリン、ヴォルデモート卿、そしてハリー・ポッターは、皆パーセルマウスであり、ヘビと話すことができます。ヴォルデモート卿のペットで忠実なしもべであるナギニは、長さが3.5メートル以上もある巨大なヘビです。

ハリーはヘビに向かってばかみたいに叫んだ。「手を出すな。去れ！」すると、不思議なことに――説明のしようがないのだが――ヘビは床に崩れ落ちて、まるで庭の水まき用の太くて黒いホースのようにおとなしくなり、ハリーを見上げた。

『ハリー・ポッターと秘密の部屋』

ヘビを操る「魔法使い」を描いたこの絵は、本物の金で装飾した美しい挿絵入りの動物寓話集（ぐうわしゅう）に収められているものです。文章には、セラステス（角のあるヘビ）など、神話上の数種類のヘビについて説明してあります。クサリヘビ（毒ヘビ）の一種であるエモロリスについても説明があります。エモロリスにかまれると、ひどく出血して死んでしまいます。

この本にはさらに、エモロリスのつかまえ方についても説明があります。つかまえるには、ヘビ使いがヘビに向かって歌を歌います。すると、ヘビは眠ってしまいます。そのすきに、ヘビ使い（絵では杖のようなものを持っている）がヘビの額に生えている宝石を取ります。この本には、このほかにも80点の挿絵があり、実在の動物のほか、不死鳥、ユニコーン、ケンタウルスなど、神話上の生き物が描かれています。

Emorois etiā est aspis
nuncupat' eo q. san
guinē fundat. qui ab eo
morsi fuit. ita ut solutis
uenis q'cq'd uite est per
sanguinē effundit. phi
siologus dicit. qm hanc
hēt naturam. ut quādo
aliqs ad speluncā suam
eum p̄cantauerit suis
carminib; ut eū in soporē mittat. uolens
eripe carbunculum quē gīt in fronte

ヘビ使いの絵　動物寓話集より
（イングランド　13世紀）

大英図書館所蔵

データ

動物寓話集とは

動物寓話集は、動物についての説明や物語が書かれた、美しい挿絵入りの本です。初めて書かれたのは古代ギリシャですが、中世になって人気が高まりました。動物寓話集には本物の動物も神話上の動物も入っているので、例えばライオンやクマだけでなく、ドラゴンやユニコーンの話も書いてありました。

ヘビの魔力

ヘビは昔から、魔法の生き物だと考えられてきました。ヘビは皮を脱いで新しい皮を作ることができることから、再生や復活、癒(いや)しと結び付けられることがよくあります。また、ヘビが善と悪の両方を象徴する文化もたくさんあります。

この魔法のステッキは、何世紀もの間、泥炭に埋もれていた「埋もれ木」と呼ばれるオーク材を彫って作ったものです。泥炭は酸素が少なく、酸性でタンニンに富むため、木がうまく保存され、硬く黒くなります。このステッキは、スティーブン・ホッブズという人が彫り、ウィッカ（魔術を崇拝する宗教）の聖職者であるスチュアート・ファラー（1916 ～ 2000 年）の手に渡りました。ステッキにはヘビの飾りが付いています。それによって魔力が強まると考えられていたのです。

ステッキの下にあるのは杖で、魔力の流れを導くのに使われていたようです。色が暗く、ヘビのような形をしているこの杖を見ると、これが善のために使われたのか、悪のために使われたのか、疑問に思わずにはいられません。

突然、ヘビはビーズのような目を開け、ゆっくり、とてもゆっくりと鎌首(かまくび)をもたげ、ハリーの目線と同じ高さまで持ち上げた。ヘビがウィンクした。

『ハリー・ポッターと賢者の石』

ヘビのステッキ

魔法博物館所蔵

ヘビ形の魔法の杖

魔法博物館所蔵

豆知識

ヘビは、魔法では善にも悪にも使えると考えられていました。ガラガラヘビの皮、またはガラガラと音を出す部分を粉にしたものは、幸運をもたらす呪文に使われていました。また、ヘビの皮は、気を狂わせる呪文を打ち消すことができるとされていました。その一方で、ヘビの血を敵に飲ませると、敵の体の中にヘビがわくとも考えられていました。このような呪文は、北米や中南米で使われてきました。

データ

杖と魔法

杖、ステッキ、棒、王笏(おうしゃく)（王が持つ装飾的な杖）は、昔から力と結び付けられてきました。杖は最初は細い小枝を束ねて作られ、聖職者が霊を呼び出すために使われていました。魔術では、エネルギーや呪文の流れを導くために杖が使われます。杖の材質はさまざまで、それによって杖にそれぞれ特徴が生まれます。魔力を高めるために、杖に他の植物、羽根、宝石、金属などを結び付けることもあります。

ハリーと バジリスク

フォークスが蛇の鎌首の周りを飛び回り、バジリスクはサーベルのように長く鋭い毒牙で狂ったように何度も空をかんでいた。

『ハリー・ポッターと秘密の部屋』

これは、巨大なバジリスクがハリーのそばを通って、その先で体をくねらせている、とても印象的な下描きです。バジリスクはとてつもなく大きく、体がどこから始まってどこで終わっているのかよく分かりません。ハリーは、ルビーの飾りが付いたゴドリック・グリフィンドールの剣を手にしっかり握り、振る途中で空中に静止させています。バジリスクの恐ろしい黄色い目は、不死鳥のフォークスにかぎ爪で引っかかれたため、血が流れ出しています。完成した絵は、『ハリー・ポッターと秘密の部屋』に載っています。

ハリー・ポッターとバジリスク
ジム・ケイ 作

ブルームズベリー社所蔵

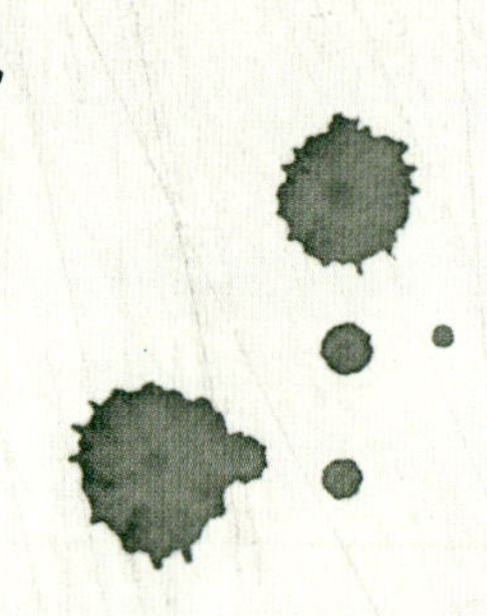

豆知識

1595年に書かれた『Historia animalium（動物誌）』によると、イタチの臭いでバジリスクを殺すことができます。

バジリスク

巨大な蛇だ。毒々しい鮮やかな緑色の、カシの木のように太い胴体を、高々と宙にくねらせ、その巨大な鎌首は酔ったように柱と柱の間を縫って動き回っていた。

『ハリー・ポッターと秘密の部屋』

『A Brief Description of the Nature of the Basilisk or Cockatrice（バジリスクまたはコカトリスの性質の簡潔な記述）』は３ページしかありません。著者のジェームズ・サルガドは1680年ごろ、エチオピアから帰国したばかりのオランダ人医師からもらったバジリスク（はく製だったようです）を見世物にしました。

サルガドは、見世物に合わせてこの小冊子を書きました。小冊子の説明によると、バジリスクは黄色で、王冠のようなトサカがあり、若いおんどりの体とヘビの尾を持っています。また、サルガドは、バジリスクの「にらみ」の危険性について、次のように書いています。「アレクサンダー大王の時代に、壁の中に隠れて、有毒なにらみで大王の大軍を殺したバジリスクがいた」

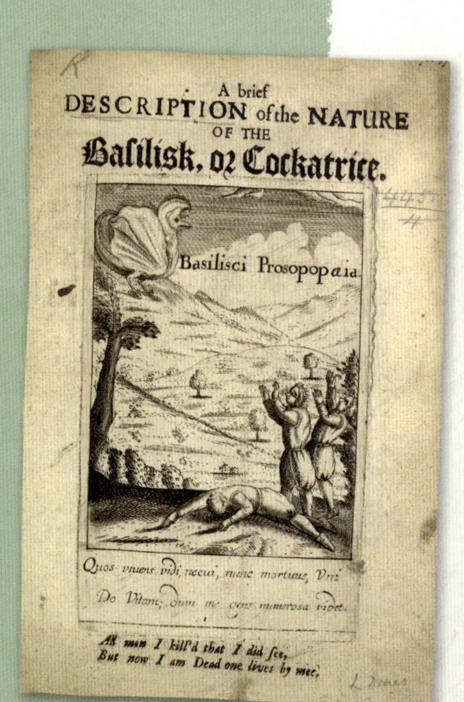
A brief
DESCRIPTION of the NATURE
OF THE
Basilisk, or Cockatrice.

Basilisci Prosopopaia

Quos vivens vidi necui, nunc mortuus, Vni
Do Vitam; dum me gens numerosa videt.

All men I kill'd that I did see,
But now I am Dead one loves by mee.

『A Brief Description of the Nature of the Basilisk, or Cockatrice（バジリスクまたはコカトリスの性質の簡潔な記述）』
（ロンドン　1680年ごろ）

大英図書館所蔵

エチオピアの魔よけ

「――そう、非常によく似た事件がウグドゥグで起こったことがありました。次々と襲われる事件でしたね。私の自伝に一部始終書いてありますが。私が町の住人にいろいろな魔よけを授けましてね、あっという間に一件落着でした」とロックハートが言った。

『ハリー・ポッターと秘密の部屋』

この魔術書（右ページ）は、1750年にエチオピアで作られました。ゲエズ語（古代エチオピア語とも呼ばれる）という言葉で書かれ、魔よけ、お守り、まじないが豊富に収録されています。この本の持ち主は、悪魔払いの祈祷師か「デブテラ」だったと思われます。

デブテラは、エチオピアの一部の地域に見られる聖職者です。霊能力による治療や、運勢判断、占星術を仕事として行う訓練を受け、人々を悪霊から守るお守りを作ります。また、畑にかかしを置いたり、アタマジラミを駆除したりもします。

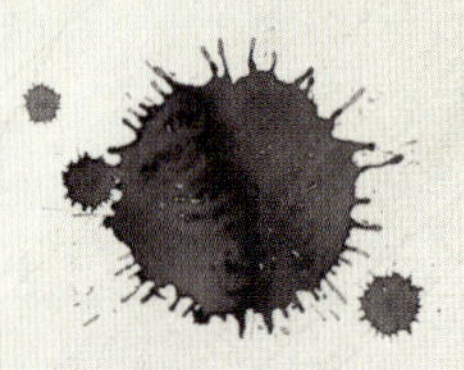

エチオピアの魔術書（1750年）

大英図書館所蔵

デブテラは、巻物形のお守りを作り、伝統医療を行うことで有名です。ここに挙げたページに描かれているのは、お守りの巻物を作るのに使う、魔よけの絵や、図形を使った模様です。また、呪文を打ち消す祈りの言葉も書かれています。魔よけの絵では目が重点的に描かれていますが、これは闇の魔術から身を守るとされています。

データ

アミュレットとタリスマン

アミュレットは、持ち主を悪や病気から守ってくれるとされる小さな物体（お守り）です。タリスマンも同じような力を持っていますが、守ってくれるだけでなく、幸運をもたらすとされています。模様や祈りの言葉や呪文が彫ってある、特別に作られたアミュレットやタリスマンもあります。材料は石、コイン、言葉、絵、植物、動物などさまざまで、結び目を使ったものもあります。

魔法生物飼育学

「さあ、急げ。早く来いや！」生徒が近づくとハグリッドが声をかけた。
「今日はみんなにいいもんがあるぞ！ すごい授業だぞ！」

ハグリッド／『ハリー・ポッターとアズカバンの囚人』

魔法生物飼育学は、ホグワーツで教えられている選択科目です。ハリー、ロン、ハーマイオニーは、３年生のときにこの科目を初めて取りました。魔法生物飼育学では、幅広い魔法生物について徹底的に学びます。食べる物、繁殖習性、どうやってその生物が魔法界で繁栄しているかなど、内容はさまざまです。授業では毎回、ヒッポグリフ、フロバーワーム（レタス食い虫）、尻尾爆発スクリュートなど、それまでに学んでいない新しい種類の生物について勉強します。

データ

魔法生物がいると信じていた昔の人々

昔、人々は魔法生物がいると本当に信じていました。地震は地下で巨人が動き回るために起こると思われていました。また、子供が湖のそばでいなくなったら、それは姿形を変えるケルピーが子供をさらったせいだとされていました。実在する生物などを見て魔法生物だと誤解しただけだと思われるケースもあります。例えば、人魚の正体はジュゴン（「海の貴婦人」という意味）という海のほ乳動物だった可能性があります。ジュゴンは人間のように子を抱き、水から顔を出します。海藻が頭にからまっていれば、遠目にはそれが長い髪に見えるかもしれません。

ルビウス・ハグリッド 鍵と領地を守る番人

担当： 魔法生物飼育学

外見： 半巨人のハグリッドは、とてつもなく大きな体をしています。ぼうぼうとした黒髪とひげが、長くもじゃもじゃとからまり、ほとんど顔中を覆っています。手はゴミバケツのふたほど大きく、足は赤ん坊イルカぐらいあります。

豆知識： ハグリッドは、猫がいるとくしゃみが出ます。

「ハグリッドを描くときはほっとする。子供を描くときは、線１本でも間違うわけにはいかない。正しくない所に線を入れてしまったら、10歳も年上に見えてしまう。ハグリッドのときは、そういう問題はない。どんどんなぐり描きしたところに目を足せばいい」

ジム・ケイ（2017年）

ハグリッドの肖像画　ジム・ケイ 作

ブルームズベリー社所蔵

地下の巨人

『Mundus Subterraneus（地下世界）』の著者、アタナシウス・キルヒャー（1602～1680年）は、イタリアを旅していたときに地震にあい、地下がどうなっているのかに興味をそそられるようになりました。そして、7年前に最後の噴火をしたばかりのベスビオ火山に登って、噴火口にまで入って調査をしました。

キルヒャーは、「地面の下には空洞や隠れ穴が豊富にあって、ドラゴンや巨人など不思議なものがたくさんいる」と考えました。そして、「14世紀にシチリアの洞くつで、巨人のとてつもなく大きな骸骨が発見された」と主張しました。この絵では、そのシチリアの巨人の大きさを示すため、通常の人間、聖書に登場する巨人ゴリアテ、スイスの巨人、そしてモーリタニアの巨人と比較しています。

56　LIBER OCTAVUS, SECT. II.

ſolito altius agellum foderet, lapideum tumulum inſcriptione ornatum, & in ſepulchro viri mortui corpus proceræ adeò ſtaturæ, ut muros urbis excederet; cadaver integrum erat, ac ſi paulo ante ſepulturæ datum fuiſſet, in pectore vulnus latiſſimum geſtabat; ſupra caput autem corporis defuncti reperta eſt lucerna perpetuo igne ardens, quæ nec flatu, nec aquæ alteriuſve liquoris ullius superjectione extingui potuit: ſed in fundo perforata & rupta ſtatim evanuit; iſtud autem fuiſſe corpus magni *Pallantis* Arcadis, qui filius *Euandri* Regis, comes *Æneæ* bello ſingulari que certamine dudum interfectus fuit à *Turno* Rutilorum rege, multo prius antequam Roma conderetur. Quæ omnia à *Volaterrano* confirmantur.

Pallantis corpus.

Atque hæc ſunt, quæ de Gigantibus eorumque immenſa vaſtitate adducenda duximus; reſtat tandem hoc loco, num verè tam prodigioſæ ſtaturæ homines unquam in Mundo fuerint, hoc loco demonſtrare.

DISQUISITIO PRIMA.

Num verè Natura tam monſtruoſæ magnitudinis homines, quam Authores allegati referunt, unquam protulerit.

IN ſepulchris lociſque ſubterraneis ſubinde oſſa reperiri, quæ oſſa gigantum eſſe dicuntur, non abnuo; nam ut ſuprà annotavimus, Gigantes vaſti corporis homines fuiſſe, vel ipſa Sacra Scriptura teſtatur, *Gen:* 7. & *lib.* 1. *Reg. c.* 17. *Maximiliano* Cæſari anno 1511. teſte *Surio*, giganteæ magnitudinis vir ex Polonia oriundus, oblatus fuit, qui &

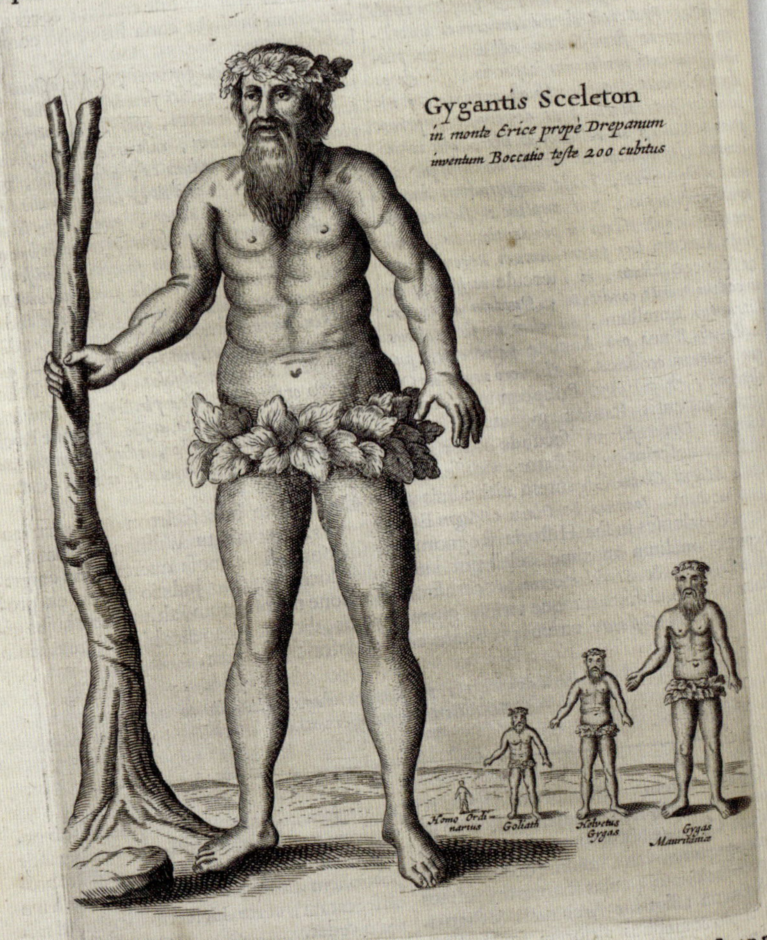

pro magnitudine corporis, proportionato cibo ſingulis prandiis vitulum & ovem abſumebat. Similis noſtris temporibus *Ferdinando* II. in comitijs Ratiſponenſibus, *anno* 1623. exhibitus fuit, ut proinde de inuſitatæ magnitudinis hominibus utriuſque ſexus minimè dubitem, cum tales nullum non ſeculum protulerit.

Ho-

巨人　アタナシウス・キルヒャー著
『Mundus Subterraneus（地下世界）』より
（アムステルダム　1665年）

大英図書館所蔵

データ

巨人

巨人の伝説は、ほとんどの国にあります。
ストーンヘンジ（イングランドのウィルトシャー州）
やジャイアンツ・コーズウェー（北アイルランド）
など、人間が作ったとは思えない古代遺跡や
地形を、巨人が作ったとする伝説は
たくさんあります。

グリンゴッツ銀行での ハグリッドとハリー

一行はさらに深く、さらにスピードを増して潜っていった。急カーブを素早く曲がるたび、空気はますます冷えびえとしてきた。

『ハリー・ポッターと賢者の石』

J.K. ローリングによるこの自筆の原画は、グリンゴッツ魔法銀行にあるハリーの金庫に、ハグリッドがハリーを初めて連れて行く場面を描いています。金庫は銀行の地下深くにある洞くつの中にあり、厳重に保護されています。２人が乗ったトロッコは銀行の地下深くを猛スピードで進みます。半巨人のハグリッドは大きな体を小さなトロッコにやっとのことで押し込み、手で目を覆っています。これに対して、ハリーは大きく目を見開いています。

グリンゴッツ銀行でのハグリッドとハリーのスケッチ　J.K. ローリング 作

J.K. ローリング所蔵

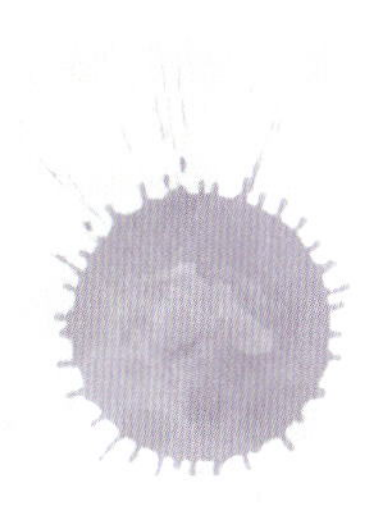

トロール

これは『ハリー・ポッターと賢者の石』のタイプ原稿で、まだ編集されていないものです。この場面の文章は、編集の過程で短くなりました。

この原稿では、ロンとハリーが女子トイレでトロールに出くわす場面の描写が、実際に出版された本とは少し違っています。

"Hello, hello," he said absently, "Just pondering a little problem, don't take any notice of me..."

"What's Peeves done this time?" asked Harry.

"No, no, it's not Peeves I'm worried about," said Nearly Headless Nick, looking thoughtfully at Harry. "Tell me, Mr. Potter, if you were

167

worried that someone was up to something they shouldn't be, would you tell someone else, who might be able to stop it, even if you didn't think much of the person who might be able to help?"

"Er - you mean - would I go to Snape about Malfoy, for instance?"

"Something like that, something like that...."

"I don't think Snape would help me, but it'd be worth a try, I suppose," said Harry curiously.

"Yes... yes... thank you, Mr. Potter..."

Nearly Headless Nick glided away. Harry and Ron watched him go, puzzled looks on their faces.

"I suppose you're bound not to make much sense if you've been beheaded," said Ron.

Quirrell was late for class. He rushed in looking pale and anxious and told them to turn to "p-page fifty four" at once, to look at "t-t-trolls."

"N-now, who c-c-can tell me the three types of t-troll? Yes, Miss G-

167

Granger?"

"Mountain-dwelling, river-dwelling and sea-dwelling," said Hermione promptly. "Mountain-dwelling trolls are the biggest, they're pale grey, bald, have skin tougher than a rhinoceros and are stronger than ten men. However, their brains are only the size of a pea, so they're easy to confuse -"

"Very g-good, thank you, Miss Gr -"

"River trolls are light green and have stringy hair -"

"Y-y-yes, thank you, that's excell -"

" - and sea trolls are purplish grey and -"

"Oh, someone shut her up," said Seamus loudly. A few people laughed.

There was a loud clatter as Hermione jumped to her feet, knocking her chair over, and ran out of the room with her face in her hands. A very awkward silence followed.

"Oh d-d-dear," said Professor Quirrell.

*

When Harry woke up next day, the first thing he noticed was a delicious smell in the air.

"It's pumpkin, of course!" said Ron, "Today's Hallowe'en!"

Harry soon realised that Hallowe'en at Hogwarts was a sort of mini-Christmas. When they got down to the Great Hall for breakfast, they found that it had been decorated with thousands of real bats, which were hanging off the ceiling and window-sills, fast asleep. Hagrid was putting hollow pumpkins on all the tables.

"Big feast tonight," he grinned at them, "See yeh there!"

There was a holiday feeling in the air because lessons would be finishing early. No-one was in much of a mood for work, which annoyed Professor McGonagall.

168

"Unless you settle down, you won't be going to the feast at all," she said, a few minutes into Transfiguration. She stared at them until they had all fallen silent. Then she raised her eyebrows.

"And where is Hermione Granger?"

They all looked at each other.

"Miss Patil, have you seen Miss Granger?"

Parvati shook her head.

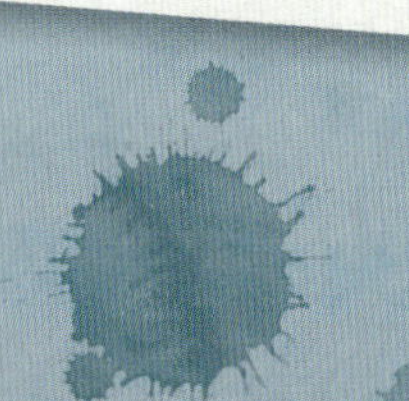

cupboard doors, but not a hint of a troll did they find.

They'd just decided to try the dungeons when they heard footsteps.

"If it's Snape, he'll send us back - quick, behind here!"

They squeezed into an alcove behind a statue of Godfrey the Gormless.

Sure enough, a moment later they caught a glimpse of Snape's hook nose rushing past. Then they heard him whisper "Alohomora!" and a click.

"Where's he gone?" Ron whispered.

"No idea - quick, before he gets back -"

They dashed down the stairs, three at a time, and rushed headlong into the cold darkness of the dungeons. They passed the room where they usually had Potions and were soon walking through passages they'd never seen before. They slowed down, looking around. The walls were wet and slimey and the air was dank.

"I never realised they were so big," Harry whispered as they turned yet another corner and saw three more passageways to choose from. "It's like Gringotts down here..."

173

Ron sniffed the damp air.

"Can you smell something?"

Harry sniffed too. Ron was right. Above the generally musty smell of the dungeons was another smell, which was rapidly becoming a foul stench, a mixture of old socks and public toilets, the concrete kind that no-one seems to clean.

And then they heard it. A low grunting - heavy breathing - and the shuffling footfalls of gigantic feet.

They froze - they couldn't tell where the sound was coming from amid all the echoes -

Ron suddenly pointed; at the end of one of the passageways,

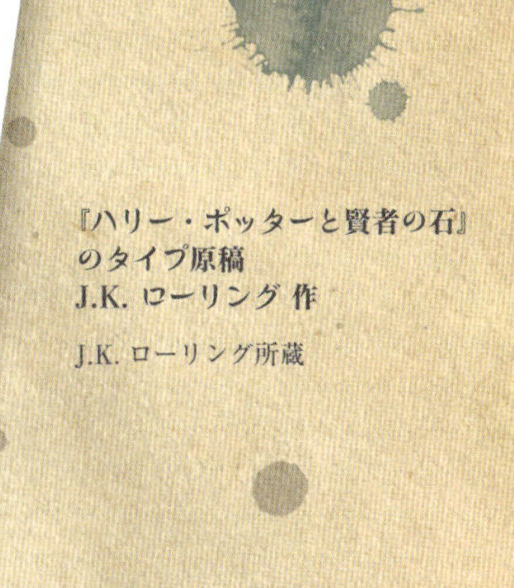

『ハリー・ポッターと賢者の石』
のタイプ原稿
J.K. ローリング 作

J.K. ローリング所蔵

something huge was moving. It hadn't seen them... it ambled out of sight...

"Merlin's beard," said Ron softly, "It's enormous..."

They looked at each other. Now that they had seen the troll, their ideas of fighting it seemed a bit - stupid. But neither of them wanted to be the one to say this. Harry tried to look brave and unconcerned.

"Did you see if it had a club?" Trolls, he knew, often carried clubs.

Ron shook his head, also trying to look as though he wasn't bothered.

"You know what we should do?" said Harry, "Follow it. Try and lock it in one of the dungeons - trap it, you know..."

If Ron had been hoping Harry was going to say, "Let's go back to the feast", he didn't show it. Locking up the troll was better than trying to fight it.

"Good idea," he said.

They crept down the passageway. The stench grew stronger as they reached the end. Very slowly, they peered around the corner.

174

There it was. It was shuffling away from them. Even from the back, it was a horrible sight. Twelve feet tall, its skin was a dull, granite grey, its great lumpy body like a boulder with its small bald head perched on top like a coconut. It had short legs thick as tree trunks with flat, horny feet. The smell coming from it was incredible. It was holding a huge wooden club, which dragged along the floor because its arms were so long.

They pulled their heads back out of sight.

"Did you see the size of that club?" Ron whispered. Neither of them could have lifted it.

"We'll wait for it to go into one of the chambers and then barricade the door," said Harry. He looked back around the corner.

The troll had stopped next to a doorway and was peering inside. Harry could see its face now; it had tiny red eyes, a great squashed nose and a gaping mouth. It also had long, dangling ears which waggled as it shook its head, making up its tiny mind where to go next. Then it slouched slowly into the chamber.

Harry looked around, searching -

"There!" he whispered to Ron, "See? On the wall there!"

A long, rusty chain was suspended about half way down the passageway. Harry and Ron darted forward and pulled it off its nail. Trying to stop it clinking, they tiptoed towards the open door, praying the troll wasn't about to come out of it -

Harry seized the door handle and pulled it shut: with trembling hands, they looped the chain around the handle, hooked it onto a bolt sticking out of the wall and pulled it tight.

"It'll take it a while to get out of that," Harry panted, as they pulled the chain back across the door and tied it firmly to a torch bracket, "Come

175

on, let's go and tell them we've caught it!"

Flushed with their victory they started to run back up the passage, but as they reached the corner they heard something that made their hearts stop - a high, petrified scream - and it was coming from the chamber they'd just chained up -

"Oh, no," said Ron, pale as the Bloody Baron.

"There's someone in there!" Harry gasped.

"*Hermione!*" they said together.

It was the last thing they wanted to do, but what choice did they have? Wheeling around they sprinted back to the door and ripped the chain off, fumbling in their panic - Harry pulled the door open - they ran inside.

MOUNTAIN TROLL
TROGLODYTARUM ALPINUM
HEIGHT 12'
TROLLS ARE CHARACTERISED BY THEIR LARGE SIZE AND PRODIGIOUS STRENGTH. THEY POSSESS THICK SKIN, OFTEN COVERED IN HORNY GROWTHS OR "COBBLES" WHICH LITTER THE FLOOR OF TROLL CAVES.
TROLL CLEG
OFTEN FOUND HOVERING ABOVE TROLLS
TROLLWIG
FEED ON TROLL EARWAX

山トロール

恐ろしい光景だった。背は４メートルもあり、花崗岩のような鈍い灰色の肌、岩石のようにゴツゴツのずんぐりした巨体、ハゲた頭は小さく、ココナッツがちょこんと載っているようだ。短い脚は木の幹ほど太く、コブだらけの平たい足がついている。

『ハリー・ポッターと賢者の石』

これはジム・ケイによる山トロールのスケッチです。トロールの学名の「トログロデュタルム・アルピヌム」も書いてあります。このトロールは体中がイボのようなもので覆われ、ぼんやりとした顔つきをしています。

豆知識

「トロール」という言葉は古ノルド語から来ています。トロールが最初に登場したのはスカンジナビアの民話です。また、「トロウ」という生き物の名前は「トロール」から来ていますが、まったく別物で、スコットランドのシェトランド諸島に住む妖精または「隠れた人々」を指します。

山トロールのスケッチ
ジム・ケイ 作

ブルームズベリー社所蔵

毒ガエル

天気を予知する、幸運をもたらす、薬に使われるなど、ヒキガエルは何百年も前から不思議な言い伝えに登場してきました。オオヒキガエルは世界最大のヒキガエルです。手足に水かきがなく、虹彩が茶色く、皮膚の表面のあちこちにある毒腺から乳白色の毒を分泌します。オオヒキガエルは、有名なドイツの生物学者、ヨハン・バプティスト・フォン・スピックス（1781 ～ 1826 年）が記述したたくさんの生物のひとつです。

J. B. フォン・スピックス著『Animalia nova, sive species novæ testitudinum et ranarum, quas in itinere per Brasiliam annis 1817–1820 … collegit, et descripsit（新しい動物または新種のカメおよびカエル）』（ミュンヘン　1824 年）

大英図書館所蔵

グリンゴッツからの脱出

この手書き原稿は、『ハリー・ポッターと死の秘宝』でハリー、ロン、ハーマイオニーがドラゴンの背に乗ってグリンゴッツ銀行から脱出する場面を、初めて書いたものです。最初のページには、ドラマチックな脱出が描かれています。右側のページに書いてあるのは、ハリーたちがまだレストレンジ家の金庫にいるときに、ハリーがカップ（分霊箱であるハッフルパフのカップ）を破壊する場面です。これは、出版された本では内容が変更されました。

この手書き原稿を見ると、本に出てくる場面を必ずしも順番に書いていないことと、後で書き直した場面があることが分かります。この原稿には、線を引いて消したり、矢印を書いたり、余白に文を少し書き足したりした跡がたくさんあります。２ページ目では、ハリーの言葉のひとつがバツ印で表してあります。これは、後でそこに言葉を入れるという印のようです。

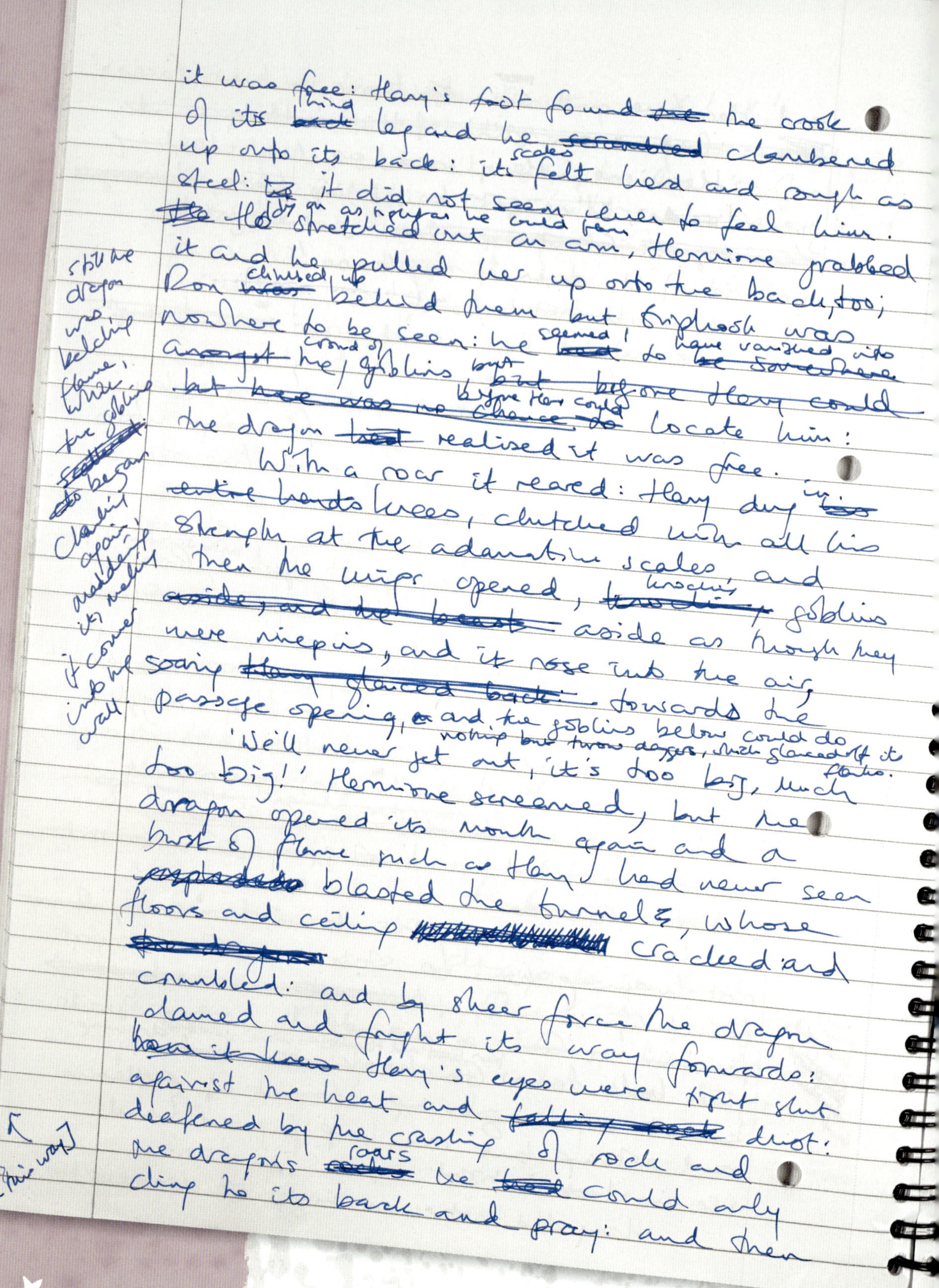
it was free: Harry's foot found the crook of its hind leg and he clambered up onto its back: its scales felt hard and rough as steel: it did not even seem to feel him. He stretched out an arm, Hermione grabbed it and he pulled her up onto the back, too; Ron climbed up behind them but Griphook was nowhere to be seen: he seemed to have vanished into the crowd of goblins but before Harry could locate him the dragon realised it was free.

With a roar it reared: Harry dug in his knees, clutched with all his strength at the adamantine scales, and then the wings opened, knocking goblins aside as though they were ninepins, and it rose into the air, soaring towards the passage opening, and the goblins below could do nothing but throw daggers, which glanced off its flanks.

'We'll never get out, it's too big, too big!' Hermione screamed, but the dragon opened its mouth again and a burst of flame such as Harry had never seen blasted the tunnels, whose floors and ceiling cracked and crumbled: and by sheer force the dragon clawed and fought its way forwards: Harry's eyes were tight shut against the heat and dust: deafened by the crashing of rock and the dragon's roars he could only cling to its back and pray: and then

[this way]

『ハリー・ポッターと死の秘宝』の初期の原稿
J.K. ローリング 作

J.K. ローリング所蔵

sword, seized Griphook's hand and pulled. The blistered, howling goblin emerged by degrees.

'X' yelled Harry and he landed on the bumpy surface of the swelling treasure with the goblin on his shoulder again, but now a hundred Gryffindor swords were multiplying all around him.

'The real one —' he groaned: he had to destroy the Horcrux, 'where — it's got the cup on it —'

The jewelled hilt was shoved into his hand: Griphook had spotted and seized it. In one fluid action, the hot air full of screams, Harry swung the sword into the air, the cup flew up, turned over and fell, and he impaled it on the blade the point of the sword penetrating the bottom of the cup.

He heard no sound, but a bloodlike liquid gushed from the punctured cup, splashing over Hermione who choked and gasped, and then they were sliding uncontrollably out of the vault on a great mass of gold and silver: the waiting goblins had removed the door.

in his head
only one thought: goblins did not carry wands.

「計画を練っているときは、いろいろなアイディアが同時にわいてくることが多い。だから、アイディアが飛んできてそばを通り過ぎるときに、一番いいものをつかまえて、紙の上に残しておくようにしている。私のノートには、矢印と3つ並べた星印がたくさんある。これは、20分前に大急ぎで書き留めたアイディアを抜かして、4ページ先に行き、そこから話の筋を続けるという印だ」

J.K.ローリング（2017年）

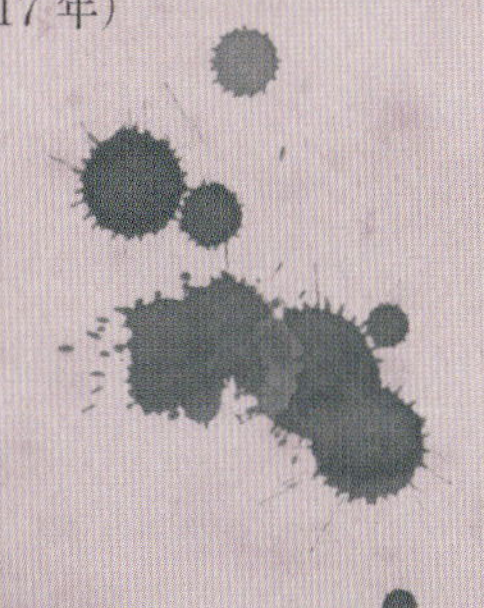

ボローニャのドラゴン

1572年5月13日、イタリアのボローニャの近くの田舎で「奇怪なドラゴン」が発見されました。不吉なしるしとされたドラゴンの死体は、調査のため、著名な博物学者・収集家であるウリッセ・アルドロバンディ（1522～1605年）に引き渡されました。アルドロバンディの調査結果は『ヘビとドラゴンの系統的記述』にまとめられています。この本には、ヘビ、ドラゴン、その他の怪物の詳しい記述があり、気質や生息地が説明してあります。

ウリッセ・アルドロバンディ著『Serpentum et Draconum Historiae（ヘビとドラゴンの系統的記述）』（ボローニャ1640年）

大英図書館所蔵

豆知識

ボローニャのドラゴンは作り話のように思えるかもしれませんが、アルドロバンディは一流の博物学者であり、実際に、2本足のは虫類について綿密に記録し、スケッチしています。アルドロバンディが観察していたのが何だったのかはわかりませんが、2本足のは虫類というのは実在するので、アルドロバンディが観察したドラゴンは、現在は絶滅しているその仲間の動物だったのかもしれません……

ドラゴンの卵

この絵はジム・ケイによるもので、さまざまな種類のドラゴンの卵が描かれています。この絵は、まず、卵の形を描いて下地の色を塗ってから細かい部分を足し、斑点模様を重ね、さらに文字をコンピューターで付け加えて仕上げてあります。卵の大きさを示すスケールを見ると、最小の卵は長さ約15センチメートル（ダチョウの卵とほぼ同じ大きさ）、最大の卵は38センチメートルにもなります。一見ありふれたように見える卵もありますが、どう見ても魔法界の卵だとわかるものもあります。

やってみよう

自分で作れるドラゴンの卵

大人に手伝ってもらって卵を固ゆでにし、10分置いて少し冷まします。小さいボウルに、ジェル状の食用色素小さじ1杯と、白ワインビネガー大さじ2杯を入れて混ぜます。卵がまだ温かいうちにボウルに入れます。卵が液に全部つかっていなくても大丈夫です。そのまま10分置き、卵をひっくり返して別の部分が液につかるようにします。これをもう1度繰り返してから、液にお湯を大さじ4杯加えて薄めます。途中で1、2回ひっくり返しながら卵を30分つけ、液から出して、ふきんの上で乾かします。すると、見事なまだら模様のドラゴンの卵ができあがります。

ドラゴンの卵の完成した絵　ジム・ケイ 作

ブルームズベリー社所蔵

DRAGON EGGS

FROM "DRAGON-BREEDING FOR PLEASURE AND PROFIT"

HUNGARIAN HORNTAIL

UKRANIAN IRONBELLY

ANTIPODEAN OPALEYE

SWEDISH SHORT-SNOUT

HEBRIDEAN BLACK

PERUVIAN VIPERTOOTH

CHINESE FIREBALL

INCHES

ROMANIAN LONGHORN

NORWEGIAN RIDGEBACK

COMMON WELSH GREEN

ほとんど首無しニック

霊魂課は、魔法生物規制管理部の３つの課の１つです。ほかの２つの課は、動物課と存在課です。小鬼連絡室と害虫相談室も、魔法生物規制管理部の一部です。

この絵は、グリフィンドールのゴーストであるほとんど首無しニックをJ.K. ローリングが手で描いたもので、どうしたら「ほとんど首無し」になるのかをニック自身が見せています。この絵で、ほとんど首無しニック（正式な名前はニコラス・ド・ミムジー・ポーピントン卿）は、グリフィンドール寮生なら見慣れている「ひだえり」を着けていないので、初期の絵だと思われます。

ほとんど首無しニックのスケッチ　J.K. ローリング（1991 年）

J.K. ローリング所蔵

ポルターガイストのピーブズ

ホグワーツのポルターガイスト、ピーブズは、J.K. ローリングによるこの手描きの絵では目に見える形で描かれていますが、意のままに透明になることができます。ポルターガイスト（ドイツ語で「騒々しい幽霊」という意味）は一般的に邪悪な霊だとされ、物が動いたり、うるさい音がするなどの現象を引き起こします。

ピーブズのスケッチ
J.K. ローリング 作（1991 年）

J.K. ローリング所蔵

ほとんど首無しニック
ジム・ケイ 作

ブルームズベリー社所蔵

データ

ゴーストとポルターガイスト

ポルターガイストは、物を動かしたり、謎の音を出したりすると言われています。バーミンガム市のソーントン・ロードに出没するポルターガイストは、そばに誰もいないときに窓に石を投げつけたそうです。

ゴーストは死んだ人（または動物）の霊だとされ、さまざまな場所に出ます。ロンドンのポンド・スクエアでは、寒い季節にニワトリのゴーストがさまよっているのを見たと言う目撃情報がたくさんありました。

ONION
MELONS
CREECHSNAP
MONKSHOOD
GURDYROOT
GARLIC
WOUNDWORT
CELERY

ヒッポグリフのバックビーク

ハグリッドの小屋に入ったとたん目についたのは、バックビークだった。ハグリッドのベッドで、パッチワーク・キルトのベッドカバーの上に寝そべり、巨大な翼をぴっちりたたんで、大皿に盛った死んだイタチのごちそうに舌つづみを打っていた。

『ハリー・ポッターとアズカバンの囚人』

ジム・ケイがこの絵で描いたヒッポグリフのバックビークは、飼い主のベッドを乗っ取っています。そばには、おやつ用のイタチの死体があります。ハグリッドの小屋の中は、ダービーシャー州にあるコーク・アビーという田園邸宅の敷地内に実在する庭師の小屋を基に描かれています。絵のアクセントになっている青い色は、敷地に生えている有名なブルーベルという植物の花の色を取り入れたものです。

ヒッポグリフのバック・ビーク　ジム・ケイ作

ブルームズベリー社所蔵

データ

「ヒッポグリフ」という言葉は、古代ギリシャ語の「馬」と「グリフィン」という言葉をつなげたものです。ヒッポグリフについて史上で初めて記述されたのは、イタリアの詩人、ルドビコ・アリオスト（1474～1533年）による『Orlando Furioso（狂えるオルランド）』という詩です。伝説では、ワシの頭とライオンの下半身を持つグリフィンはヒッポグリフの祖先だとされています。

見事なフクロウ

魔法界のフクロウは魔法動物ではありませんが、手紙や小包などを運んでもらえるので人気のあるペットです。シロフクロウは、北米とユーラシア（ヨーロッパとアジアを合わせた地域）の北極地方が原産です。ここに挙げたのは、１組のつがいのシロフクロウを描いた手彩色の実物大の絵で、『The Birds of America（アメリカの鳥類）』という巨大な本に収録されています。この本は、北米原産の鳥をすべて描いた初の本です。挿絵を描いたジョン・ジェームズ・オーデュボン（1785～1851年）は、すべての鳥を実物大で描いています。

シロフクロウ　ジョン・ジェームズ・オーデュボン著
『The Birds of America（アメリカの鳥類）』
（ロンドン　1827～38年）

大英図書館所蔵

「あれは人魚？」

『ハリー・ポッターと秘密の部屋』から削除されたこの場面では、ハリーとロンが、魔法をかけられたフォード・アングリアで、暴れ柳でなくホグワーツの湖に突っ込みます。水中人は２人を助け、ひっくり返った車を元に戻し、安全な場所まで引っ張ってくれます。

この初期の原稿では、人魚の１人が、水上でハリーとロンに英語で話しかけます。実際に出版された本では、水中人の特徴が練り上げられ、水中人が話すのはマーミッシュ語だけとなっています。

I wondered whether the mer-people scene actually works? After all, we don't see them again... what if, as an alternative, the car suddenly develops underwater ... or something - and suddenly shoots out of the water? Might help pace too?

64

"Oh, well - a fish -" said Harry, "A fish isn't going to do anything to us... I thought it might be the giant squid."

There was a pause in which Harry wished he hadn't thought about the giant squid.

"There's loads of them," said Ron, swivelling round and gazing out of the rear window.

Harry felt as though tiny spiders were crawling up his spine. Large dark shadows were circling the car.

"If it's just fish..." he repeated.

And then, into the light, swam something Harry had never expected to see as long as he lived.

It was a woman. A cloud of blackest hair, thick and tangled like seaweed, floated all around her. Her lower body was a great, scaly fishtail the colour of gun-metal; ropes of shells and pebbles hung about her neck; her skin was a pale, silvery grey and her eyes, flashing in the headlights, looked dark and threatening. She gave a powerful flick of her tail and sped into the darkness.

"Was that a *mermaid?*" said Harry.

"Well, it wasn't the giant squid," said Ron.

There was a crunching noise and the car suddenly shifted.

Harry scrambled about to press his face against the back window. About ten merpeople, bearded men as well as long haired women, were straining against the car, their tails swishing behind them.

"Where are they going to take us?" said Ron, pannicking.

The mermaid they had seen first rapped on the window next to Harry and made a circular motion with her silvery hand.

"I think they're going to flip us over," said Harry quickly, "Hold on -"

『ハリー・ポッターと秘密の部屋』から削除された水中人の章　J.K. ローリング 作

ブルームズベリー社所蔵

水中人

魔法界で名高い魔法動物学者であるニュート・スキャマンダーは、『幻の動物とその生息地』で、水中人について興味深いことをいくつか書いています。水中人（マーピープル）は、セイレン、セルキー、メロウなどの別名を持ち、謎に包まれています。水中人が住む湖や川は、侵入者に見つからないよう、マグルよけ呪文で守られています。水中人はマーミッシュ語を話し、ケンタウルスと同じように、「ヒトとしての存在」の地位でなく「動物」の地位を要求しました。

They grabbed the door hands and slowly, as the mer-people pushed and strained, the car turned right over onto its wheels, clouds of silt fogging the water. Hedwig was beating her wings furiously against the bars of her cage again.

The mer-people were now binding thick, slimy ropes of lakeweed around the car and tying the ends around their own waists. Then, with Harry and Ron sitting in the front seats hardly daring to breathe, they pulled... the car was lifted off the bottom and rose, towed by the mer-people, to the surface.

"Yes!" said Ron, as they saw the starry sky again through their drenched windows.

The mer-people in front looked like seals, their sleek heads just visible as they towed the car towards the bank. A few feet from the grassy bank, they felt the wheels touch the pebbly ground of the lake again. The mer-people sank out of sight. Then the first mermaid bobbed up at Harry's window and rapped on it. He unwound it quickly.

"We can take you no further," she said. She had a strange voice, it was both screechy and hoarse. "The rocks are sharp in the shallows, but legs are not so easily torn as fins..."

"No," said Harry, nervously, "Look, we can't thank you enough..."

The mermaid gave a little flick of her tail and was gone.

"Come on, I need food..." said Ron, who was shivering.

They opened the doors of the car with difficulty, picked up Hedwig and Scabbers, braced themselves and jumped down into the freezing water, which came up above Harry's thighs. They waded to the bank and climbed out.

"Not as pretty as they look in books, are they, mermaids?" said Ron, trying to wring out his jeans. "Of course, they were lake people... maybe in a warm sea..."

Harry didn't answer; he was having trouble with Hedwig, who had clearly had enough of wizard transport. He let her out of her cage and she soared off at once towards a high tower which housed all the school owls.

鳥を食べるクモ

マリア・ジビラ・メーリアン（1647～1717年）は、博物学者・動物挿絵画家で、南米の昆虫の画期的な研究が高く評価されています。メーリアンは、1699年から1701年まで、スリナム（南米の北東部）で研究活動を行いました。メーリアンはスリナムで著書のために絵を描きましたが、その本に掲載されていたのが下の絵です。メーリアンが研究旅行で発見した昆虫の多くは、ヨーロッパ人の誰もが見たことのないものでした。鳥を食べるこの巨大なクモの絵をメーリアンが発表したとき、人々はでっち上げだと思いました。このクモが本当に存在するということがやっと受け入れられたのは、1863年になってからでした。

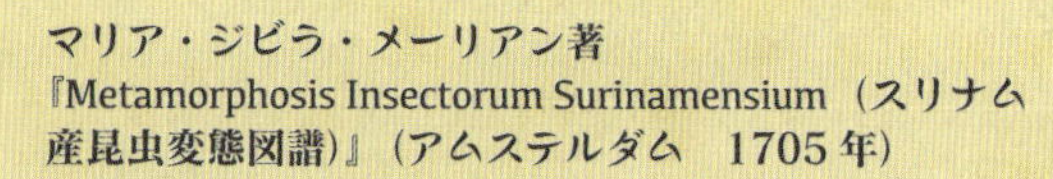

マリア・ジビラ・メーリアン著
『Metamorphosis Insectorum Surinamensium（スリナム産昆虫変態図譜）』（アムステルダム　1705年）
大英図書館所蔵

豆知識

21歳の娘ドロテアとともにスリナムへと出発したとき、マリアは52歳でした。2人の女性が1699年にこのようなことをやりとげたのは、すばらしい快挙でした。この時代には、女性は家にいて家族の世話をするのが常識だったからです。

アラゴグに遭遇するロンとハリー

もやのようなクモの巣のドームの真ん中から、小型の象ほどもあるクモがゆらりと現れた。胴体と脚を覆う黒い毛に白いものが混じり、ハサミのついた醜い頭にある目はどれも白濁していた。――目が見えないのだ。

『ハリー・ポッターと秘密の部屋』

『ハリー・ポッターと秘密の部屋』で、ハリーとロンは、禁じられた森で巨大なアラゴグに出くわします。ジム・ケイが描いた絵は、この恐ろしいクモを細部まで徹底的に描いています。背景には何百本というクモの脚があり、いくつも突き出ている木と見分けがつかなくなっています。ハリーの杖の明かりには、クモの巣が白く光っています。

アラゴグ　ジム・ケイ 作
ブルームズベリー社所蔵

不死鳥　ジム・ケイ 作
ブルームズベリー社所蔵

不死鳥のフォークス

白鳥ほどの大きさの深紅の鳥が、ドーム型の天井に、その不思議な旋律を響かせながら姿を現した。クジャクの羽のように長い金色の尾羽を輝かせ、まばゆい金色の爪にボロボロの包みをつかんでいる。

『ハリー・ポッターと秘密の部屋』

ジム・ケイによるこの見事な不死鳥の絵は、羽根の鮮やかな色をよくとらえています。この不死鳥は、鋭い茶色の目、鮮やかな青色のかぎ爪、赤みがかったオレンジ色の羽根、見事な長い尾を持ち、ゴクラクチョウのようです。

炎からの復活

この13世紀の動物寓話集は、「フェニックス」（不死鳥）について挿絵付きで説明しています。この本によると、この鳥がフェニックスと呼ばれているのは、色が「フェニキアの紫」だから、または独特な鳥だからだということです。不死鳥はアラビアに生息し、500年生きることができます。不死鳥の最も不思議な特性は、老いたら生まれ変わることです。不死鳥は、枝などの植物を積み重ねて火をおこし、翼で炎をあおって焼死します。そして、9日間が過ぎると灰の中からよみがえります。

中世の動物寓話集に描写された不死鳥（イングランド　13世紀）

大英図書館所蔵

過去・現在・未来

蒸気の最後のなごりが、秋の空に消えていった。
列車がカーブを曲がっても、ハリーはまだ手を挙げて別れを告げていた。

『ハリー・ポッターと死の秘宝』

1997年に『ハリー・ポッターと賢者の石』が出版されて以来、ハリー・ポッターの物語は世界中のファンを楽しませてきました。その後、J.K. ローリングはチャリティーのために『クィディッチ今昔』、『幻の動物とその生息地』、『吟遊詩人ビードルの物語』という3冊の副読本を書きました。また、舞台『ハリー・ポッターと呪いの子　第一部・第二部』の共同制作に携わり、映画『ファンタスティック・ビーストと魔法使いの旅』の脚本も書きました。1人の魔法使いの少年が旅に出る……今では有名になったこの物語を振り返り、未来に何が待っているのか、のぞいてみましょう。

J.K. ローリングが絵を描き込んだ『賢者の石』

『ハリー・ポッターと賢者の石』のこの初版本（右ページ）は、J.K. ローリングによる絵や書き込みが入った、他にはないものです。これは、2013年に英国ペンクラブとルーモスを支援するチャリティーオークションで売却されました。この本には、毛布にくるまれてダーズリー家の戸口に置かれたハリー・ポッター、恐ろしげなスネイプ教授、書き込み入りのホグワーツの紋章など、ローリングが実際に描いた絵が20点入っています。全ページのうち43ページに書き込みや絵があり、ハリー・ポッターシリーズや映画に関する話や思いも書いてあります。題が印刷されている最初のページには、シンプルな言葉で、「(この本が) 私の人生を永遠に変えた」と書き込んであります。

Harry Potter and the Philosopher's Stone

J. K. Rowling

J. K. Rowling

I remember practising my new signature, having added a 'K' at my publisher's request. It's here for my late and truly lamented paternal grandmother Kathleen, who listened to me making up stories with every appearance of delight + interest. God bless her.

Harry Potter and the Philosopher's Stone

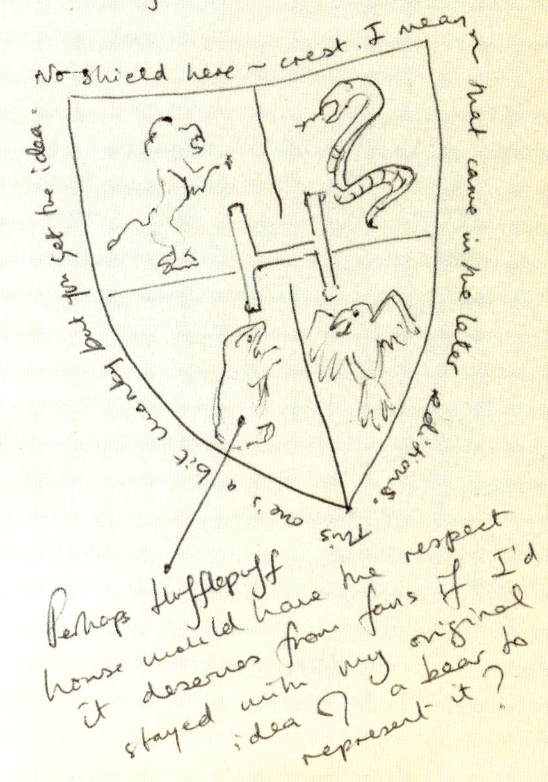

18 HARRY POTTER

corner he stopped and took out the silver Put-Outer. He clicked it once and twelve balls of light sped back to their street lamps so that Privet Drive glowed suddenly orange and he could make out a tabby cat slinking around the corner at the other end of the street. He could just see the bundle of blankets on the step of number four.

'Good luck, Harry,' he murmured. He turned on his heel and with a swish of his cloak he was gone.

A breeze ruffled the neat hedges of Privet Drive, which lay silent and tidy under the inky sky, the very last place you would expect astonishing things to happen. Harry Potter rolled over inside his blankets without waking up. One small hand closed on the letter beside him and he slept on, not knowing he was special, not knowing he was famous, not knowing he would be woken in a few hours' time by Mrs Dursley's scream as she opened the front door to put out the milk bottles, nor that he would spend the next few weeks being prodded and pinched by his cousin Dudley ... he couldn't know that at this very moment, people meeting in secret all over the country were holding up their glasses and saying in hushed voices: 'To Harry Potter – the boy who lived!'

106 HARRY POTTER

out that grubby little package. Had that been what the thieves were looking for?

As Harry and Ron walked back to the castle for dinner, their pockets weighed down with rock cakes they'd been too polite to refuse, Harry thought that none of the lessons he'd had so far had given him as much to think about as tea with Hagrid. Had Hagrid collected that package just in time? Where was it now? And did Hagrid know something about Snape that he didn't want to tell Harry?

『ハリー・ポッターと賢者の石』
J.K. ローリングによる絵と書き込み入り
(2013年ごろ)

個人所蔵

『不死鳥の騎士団』の構想

これは『不死鳥の騎士団』の構想を書いたものです。これを見ると、筋が複雑なこと、そして筋が注意深く絡み合わせてあることがわかります。J.K. ローリングは、この表を初期の段階で活用して構想を練りました。章の題と順序は、実際に出版された本では変わっているところもあります。

『ハリー・ポッターと不死鳥の騎士団』の構想　J.K. ローリング作

J.K. ローリング所蔵

「この構想は 2001 ～ 2002 年ごろのものだ。『賢者の石』を書き終えるころにはもう、シリーズの残りの筋を大ざっぱに決めていた。誰がどこで死ぬのかもだいたい考えてあったし、物語の最後を飾るのがホグワーツの戦いになることも決まっていた」

J.K. ローリング（2017 年）

6 'Didn't see that coming, did she?'

XX 'Then to Azkaban I must go. I trust I'm allowed a toothbrush?'

* they can use firehead

NO	TIME	TITLE	PLOT	PROPHECY / Hall of Prophecy	Cho/Ginny	D.A.	O of P	Snape/ Harry + father	Hagrid + Grawp
13	OCT	Plots and Resistence	~~Snape lesson~~ – Harry skips to go. Harry, Ron + Herm go to Hogsmeade meet Lupin and Tonks – can't talk, Umbridge tailing – pass note. HRH recruiting for O of P. Hagrid fresh injuries	Harry sees Vol still formulating his plans. Notone of these DES able to get in +	Cho in Hogsmeade – wants to join O of P	Tonks + Lupin	recruiting	Harry skips lesson to recruit for O of P	Hagrid still being injured – blood stains – "he's feeding something that's not his blood"
14	NOV	The Order of the Phoenix	First meeting of the Order of the Phoenix	Hall of P. [illegible] Sees Snake on scene in its eyes	Cho + Ginny both present	Umbridge now reading ~~[illegible]~~ mail	First meeting	Harry still skipping – Snape [illegible]	
15	NOV	The Dirtiest Tackle	Quidditch versus Malfoy – Harry ~~[illegible]~~ suspended following attack on M after Cedric taunt – that night, sleep following restless, unable to Umbridge etc – Cho – sees match – Umbridge – cons about scar – Nag attack	Nagini attacks Mr. W.	Cho now madly in love	firehead.*			"
16	NOV	~~Cho~~ ~~Rita Returns~~ Black Marks ~~O of P~~	Row re: skipping Snape lessons – Harry really in dog house – no enemy. Overview up to Xmas. Herm contacts Rita – ~~Hogsmeade Xmas shopping~~	Nagini got in, Vol has confirmation of Bode's story – only he + Harry can touch the prophecy	Cho kiss? Ginny worried about father	Ron + rest of Ws called in to be told of father's injury	Reactions – another ? meeting? overview	Row about Harry not going	Hagrid still getting injuries
17	DEC	Rita Returns	Snape lesson. Hogsmeade / Xmas shopping / they meet Rita	Rita information 'Missy' slipkiss	Harry now avoiding Cho a bit – Ginny + s.o. else?		O of P	Another lesson	Hagrid hospital wing
18	DEC	St. Mungo's Hospital for Magical Maladies and Injuries	St. Mungo's visit Xmas Eve – see Bode (Macnair visiting) ⟷ see Lockhart see Mr. Weasley Neville	NOW VOL IS ACTIVELY TRYING TO GET HARRY TO H of P – very vivid – could see his name	Ginny + Dad	around			
19	DEC	~~Xmas~~ ~~[illegible]~~ ~~[illegible]~~ (Xmas)		Bode dead – H of P again	Herm + Ron Ginny + brief Ron sits maps	Sirius here Big reunion	O of P big meeting	Snape lesson H connection H of Prophecy	Hagrid out of hospital now going into forest armed with spikes etc
20	JAN	Extended Powers of Elvira Umbridge	Harry misses match v. Hufflepuff Order of Phoenix now ~~[illegible]~~ suspected by Umbridge ? why weren't they @ match (Snape lesson?)	Harry fighting increasingly to stop visions but not successfully	Valentine date with Cho – v. miserable – they could row.	got to keep Sirius + Lupin	O of P	?	
21	FEB	(Valentines day)	with Cho. Hogsmeade – Trelawney out – Firenze replaces in nick of time / Rita reports back on Bode etc (Snape lesson?)			~~[illegible]~~	O of P	Snape going ape at Harry because he can't do it	
22	FEB	Cousin Grawp	Umbridge now really gone for Hagrid – Firenze teaching Divination? prophets + prophecies – HRH go to with Hagrid to Umbridge – meet Grawp			Gone			
23	MARCH	(Treason)	~~[illegible]~~ Easter – discovery of O of P – Dumbledore takes the rap XX – Azkaban	Harry starting to set it – blocking out	Cho wants back with Harry – another row	were		Snape sympathy approves [illegible]	~~Hagrid~~
24	APRIL	~~[illegible]~~ (Careers) Guidance	Careers consultation. Aurors. Order of Phoenix continued – Ginny has doubled on the wall in temper. Snape lesson	Harry starting to get it		fireheads	See plot Meeting trips Harry up w. F + G		Hagrid clinging on to job refusing to abandon Grawp

NO.	TIME	TITLE	PLOT	PROPHECY	CHO/ GINNY	D.A.	O.P.	Harry/ Dad/ Snape	Hagrid + Grawp
1	Aug	Dudley Demented	Harry desperate for information – Contact – letters circumspect – desperate to rejoin Weasleys – listening to news – ~~took~~ Dudley showdown – meets Dementor – Mrs. Figg	→ but badly informed – thinks anyone can take – L.M. + Mac casing joint Vol plotting ~~Bode~~ ~~Lucius Malfoy~~ to put B. under Imperius					Still with giants
2	Aug	A Peck of Owls	Confused letters from Ministry – Harry to bed very worried – newspapers (D.P.s) 'Missy' Slipkiss	"				Mention of Snape obliquely by Aunt P.	Still with giants
3	Aug	The Auror's Guard	Moody, Tonks and Lupin turn up to take Harry to Grimmauld. Finish on entry to kitchen — announce rental of small room in D.A.	"					Still with giants
4	Aug	12, Grimmauld Place	(Percy) F+G planning. Dinner + warnings of information. 'Missy' Slipkiss → Sirius explains Fudge's standpoint. Ginny cheeky + funny Mrs. W. worried George + V. House-elf + Hermione?	LM to put Bode/ anyone from Dept Myst under Imperius if get chance	See plot	Meet for 1st time – explicit aims		Snape not present – hint why	Still with giants
5	Aug	The Ministry of Magic	Interrogation – Mrs. Figg witness – Dumbledore too See entrance (Percy) Dept. of Mysteries	LM hanging around Min. on excellent terms with Fudge (puts Bode under)		Still around			Still w. giants
6	Aug	Mrs. Weasley's Worst Fears	The clock – Mrs. W's premonitions of doom – (Percy) etc – 'Missy' S? ~~[illegible]~~ More info + House-elf + Hermione? discussion Ron + Herm prefects	↓ Bode is under Imp/ and under orders to proceed v. cautiously	Ginny here Ginny/ Hermione/ Tonks	around Sirius farewell until Xmas			Still with giants

この構想には、物語のそれぞれの段階で登場人物がどこにいるかも書いてあります。例えば、ハグリッドは第９章までは、まだ巨人のところにいることになっています。また、神秘部に予言が置かれていることにハリーが気付くのは、神秘部にいるときです。ここに挙げた構想では、闇の魔術に対する防衛術を練習するために結成された秘密の生徒組織の方が「不死鳥の騎士団」（「OofP」と略してある）と呼ばれ、闇魔術に対抗する魔法使いたちが結成した正式な抵抗組織の方が「ダンブルドア軍団」（「D.A.」と略してある）と呼ばれています。

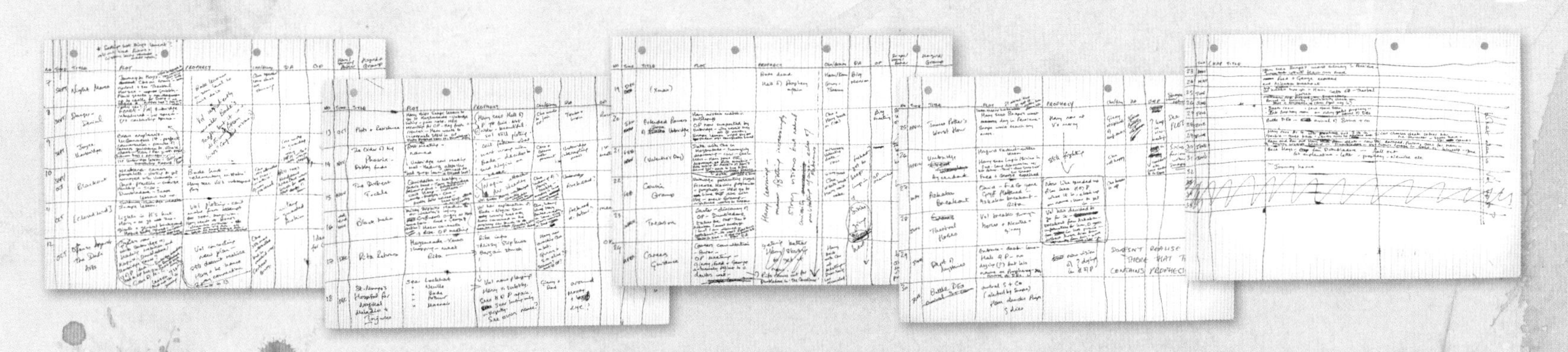

吟遊詩人ビードルの物語

ミス・ハーマイオニー・ジーン・グレンジャーに、私の蔵書から『吟遊詩人ビードルの物語』を遺贈する。読んでおもしろく、役に立つ物であることを望む。

『ハリー・ポッターと死の秘宝』

最終巻『ハリー・ポッターと死の秘宝』が発売されたあとの2008年、『吟遊詩人ビードルの物語』が、慈善団体ルーモスを支援するために出版されました。『死の秘宝』でダンブルドアは、ルーン文字で書かれた『吟遊詩人ビードルの物語』を自分の蔵書からハーマイオニーに遺贈します。この本には、魔法界のおとぎ話がいくつか入っています。

ここに挙げた『吟遊詩人ビードルの物語』の本は、J.K. ローリングが文章を手書きし、革で製本し、特別な意味を持つ宝石で飾ったものです。中には、「ぺちゃくちゃウサちゃんとぺちゃくちゃ切り株」に登場する切り株など、J.K. ローリングによる小さな挿絵も入っています。

『吟遊詩人ビードルの物語』
J.K. ローリング 作
個人所蔵

The Tales of Beedle the Bard
translated from the original runes
by
J.K. Rowling
Babbitty Rabbitty and her Cackling Stump
A long time ago, in a far off land, there lived a foolish King. He decided that he alone should have the power of magic.

毛だらけ心臓の魔法戦士

これは、『吟遊詩人ビードルの物語』に入っている話のひとつを書いた自筆原稿です。J.K. ローリングは『吟遊詩人ビードルの物語』で、魔法界のおとぎ話を「三人兄弟の物語」のほかに4つ書きましたが、これはそのひとつです。

ここに挙げた原稿には、あらすじと話の要点が書かれていますが、実際の本ではもっと長くなっています。この物語は、魔法使いが闇魔術を使って人間的な弱さから身を守ろうとするという、よくある話です。魔法戦士は自らの心を拒絶し、心に愛を与えなかったため、その心臓は「どう猛」になり、魔法戦士に悲劇をもたらします。

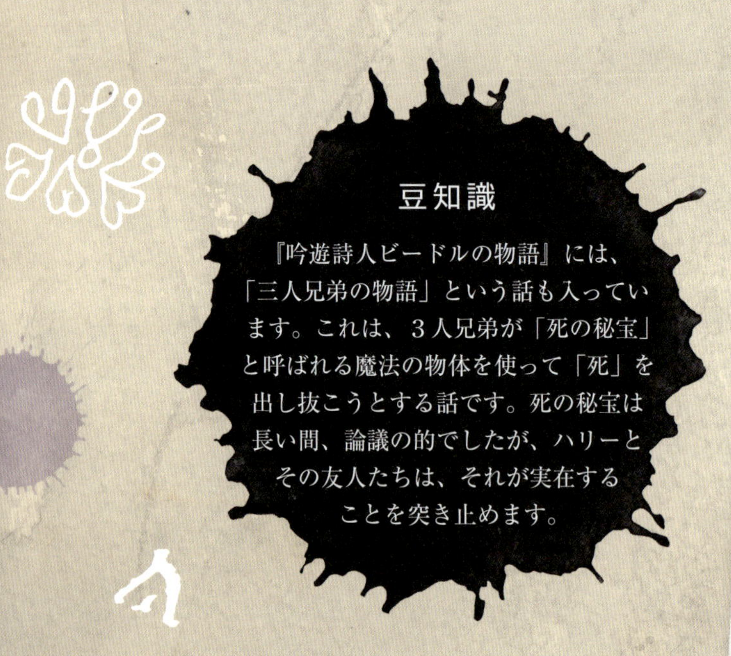

豆知識

『吟遊詩人ビードルの物語』には、「三人兄弟の物語」という話も入っています。これは、3人兄弟が「死の秘宝」と呼ばれる魔法の物体を使って「死」を出し抜こうとする話です。死の秘宝は長い間、論議の的でしたが、ハリーとその友人たちは、それが実在することを突き止めます。

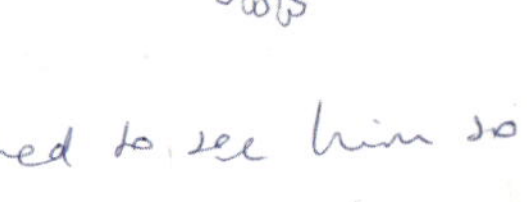

they gambolled and preened

> Undignified and foolish, dependent on the whims of a woman.

> locked up his heart.

> his friends and his family, laughed to see him so aloof, not knowing what he had done. 'All will change,' they prophesied, 'when he meets the right maiden.'

But the young man did not fall in love. All around him young men and women were raised to ecstacy or plunged to despair by the vagaries of desire and affection, but the warlock walked unscathed through their midst, a cold smile upon his handsome mouth. He cared naught for anyone or anything, and he was proud that it was so, his untainted and uninjured heart, locked up safe in its enchanted box.

Now his friends began, first, to wed, and then to have children. More than ever he was pleased to think of his untainted and uninjured heart, safe in its enchanted box. 'Their hearts must be shrivelled,' he told himself, 'shrivelled and ... with the demands of their brats!'

His own father fell ill and died. He watched his mother weep for days, heard her speak of a broken heart. In vain did she ask him why he did not cry. But the heartless warlock congratulated himself again on his heartless state, for he had escaped her suffering.

One day, soon after his father's death, a beautiful

ところが、毛だらけの心臓は持ち主よりも強く、魔法戦士の感覚に対する支配をやめようとせず、長いこと閉じこめられていた棺（ひつぎ）のような箱に戻ろうともしませんでした。

『吟遊詩人ビードルの物語』

maiden came to condole with the warlock's mother upon his father's death.
The young witch was beautiful, and gifted, and her family had much gold. The warlock had no heart to feel, yet he could understand the man who married such a maid, whose beauty would excite envy in other men, whose magic would assist her husband's ambitions and whose gold would ensure his comfort. / Coldly and deliberately, he began to pay court to the maid. She was both fascinated and frightened.

'You seem not to feel,' she said wonderingly. 'If I thought you truly had a heart...'

The warlock understood that a show of feeling was necessary to secure her hand, so he returned, for the first time in many years, to the place where he had locked up his heart.

The heart was smaller by far than he remembered, and much hairier. Nevertheless he removed it from its enchanted box and replaced it within his own breast.

But the heart had grown savage during its long estrangement. spreading and what it spread

He returned to the maid

「毛だらけ心臓の魔法戦士」の
下書き　J.K. ローリング 作

J.K. ローリング所蔵

『ハリー・ポッターと呪いの子』のセット模型

2016年7月、『ハリー・ポッターと呪いの子　第一部・第二部』の本公演がロンドンのパレス・シアターで始まりました。この劇は、ジャック・ソーンが脚本を書き、ソーン、J.K.ローリング、そして演出家のジョン・ティファニーの3人によるオリジナルストーリーを原作としています。2017年には、オリビエ賞の新作作品賞、演出賞、舞台装置賞など、オリビエ賞史上最多の9つの賞を獲得しました。

この舞台の壁は木のパネルでできていて、さまざまな用途に使うことができます。アーチで区切られ、中央には大きな時計があります。このセット模型は比較的シンプルで、実際の舞台とは対照的です。舞台は1幕で最高21場あり、そこで魔法のような劇が繰り広げられます。

ここに挙げたような箱型模型は、デザイナーや技術スタッフが劇の上演に関する細かい事項を練るときに参考にするために作られます。これによって、ハリー・ポッターの世界を観客の目の前に生き生きと描くことができるのです。

『ハリー・ポッターと呪いの子』ウエストエンド公演のオリジナルキャスト（ロンドン　パレス・シアター）

『ハリー・ポッターと呪いの子』は、ソニア・フリードマン・プロダクション、コリン・カレンダー、ハリー・ポッター・シアトリカル・プロダクションが製作

箱型模型：クリスティン・ジョーンズがブレット・J・バナキスとともにデザイン、メアリー・ハムリック、アメリア・クック、A・ラム・キム、エイミー・ルービン、カイル・ヒルが制作

幻の動物

『幻の動物とその生息地』は2001年に、コミック・リリーフという慈善事業を支援するために、「ニュート・スキャマンダー」というペンネームで初めて出版されました。ここで紹介する4枚の絵は、2017年に出版されたイラスト版に掲載されたものです。オリビア・ロメネック・ギルによるこれらの絵は、ニュート・スキャマンダーが著書で記述したすばらしい動物たちを描いています。スナリーガスターは半分鳥で半分ヘビの動物で、巨大な翼、長くて鋭いくちばし、恐ろしいかぎ爪を持っています。グラップホーンは攻撃的な動物で、大きな背中にコブがあり、2本の角と親指4本の足を持っています。ホダッグは大型犬ほどの大きさで、角があり、赤く光る目と長いキバを持っています。ヒッポグリフは、頭は大ワシ、胴体は馬の動物です。飼いならすことはできますが、専門家以外はしないほうがいいとされています。

スナリーガスター
オリビア・ロメネック・ギル 作

ブルームズベリー社所蔵

グラップホーン　オリビア・ロメネック・ギル 作

ブルームズベリー社所蔵

ホダッグ
オリビア・ロメネック・ギル 作

ブルームズベリー社所蔵

『ファンタスティック・ビーストと魔法使いの旅』の脚本

『ファンタスティック・ビーストと魔法使いの旅』の脚本のタイプ原稿（自筆の書き込み入り）
J.K. ローリング 作

J.K. ローリング所蔵

2016 年、魔法界の新時代を切り開く初の映画である『ファンタスティック・ビーストと魔法使いの旅』が公開されました。これはその映画の脚本で、J.K. ローリングによる自筆の書き込みがあります。

J.K. ローリングは、『ファンタスティック・ビースト』で初めて脚本を手掛けました。脚本の執筆は小説の場合と大きく違い、共同作業の側面がはるかに強く、撮影のほとんどすべての段階で編集が必要となります。デイビッド・イェーツ監督は、ローリングとこの脚本に取り組んだときに、ローリングが脚本を書き直し、作り変え、驚くようなディテールを登場人物や作品の世界に付け加えたと言い、ローリングの空想をじゃまするものは何もなかったと語っています。この原稿は、映画とニュート・スキャマンダーの世界を構築する骨組みとなりました。

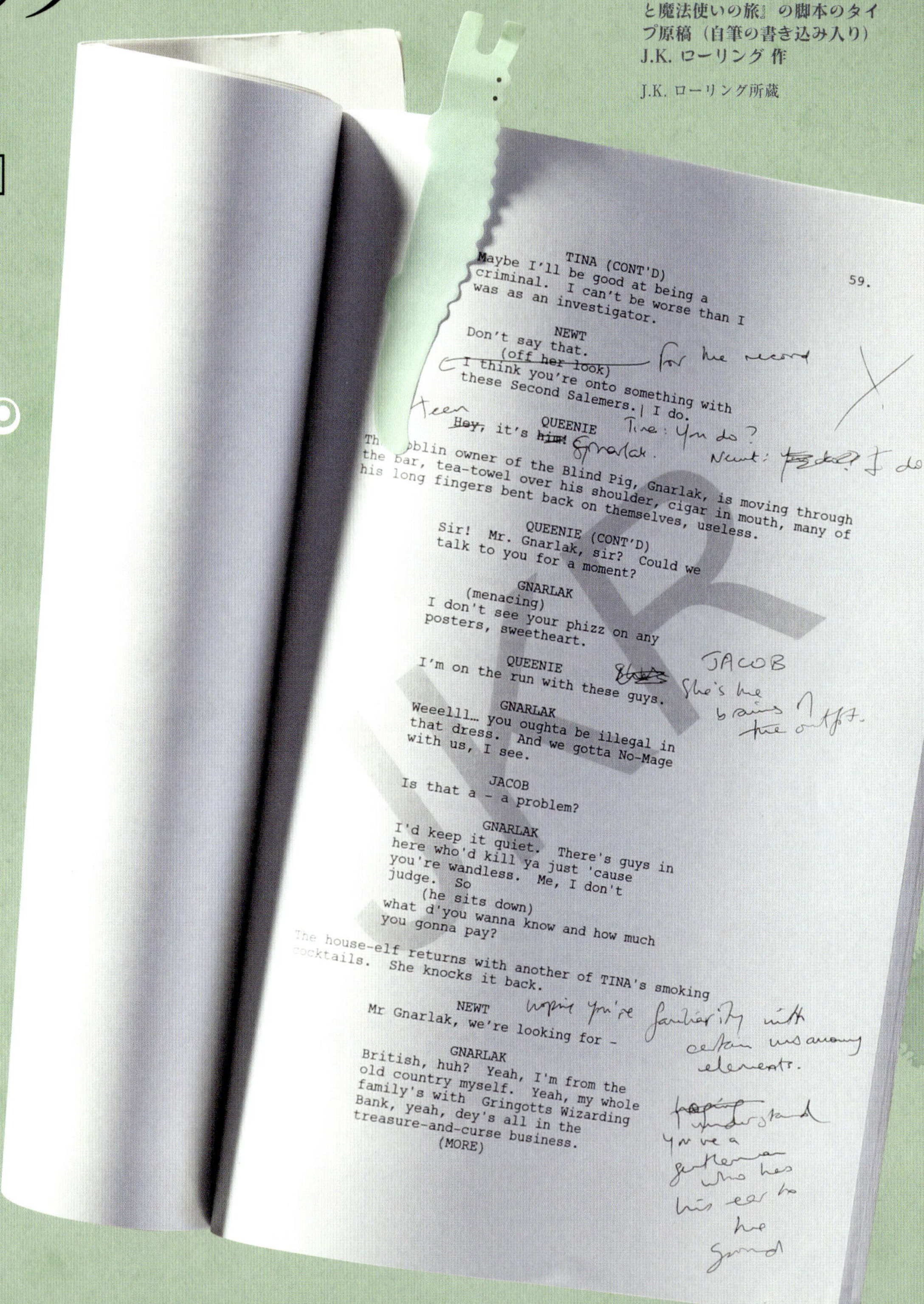

ヒッポグリフ
オリビア・ロメネック・ギル作

ブルームズベリー社所蔵

魔法使いの学校へ行く少年

スティーブ・クローブス

スティーブ・クローブスは、脚本家・映画監督です。ハリー・ポッター映画７作の脚本を執筆したほか、『月を追いかけて』、『ワンダー・ボーイズ』、『フレッシュ・アンド・ボーン ～渇いた愛のゆくえ～』、『恋のゆくえ／ファビュラス・ベイカー・ボーイズ』で脚本を担当し、『フレッシュ～』と『恋のゆくえ～』では監督も務めました。

右のエッセーで、クローブスは、『ハリー・ポッターと賢者の石』と出会ったときのことについて書いています。それは、クローブスにとっても、ハリー・ポッターのファンにとっても、不思議な旅の幕開けの瞬間でした。

20年ほど前……そんなに前だったかと思うと不思議だが、考えてみると、はるか遠い昔のような気もする。私は著作権エージェンシーから１通の封書を受け取った。中には小説の概要を書いたものが数点入っていた。うまくいけば映画のネタにならないとも限らない。私のような映画脚本家にとって、このような封書は見慣れた光景だ。わりときっちり数週おきに届くのだが、私はいつも無視していた。

だが、どういうわけか（今でも理由はわからないが）、私はその封筒を開けてみることにしたのだ。

私は、中身を手早くさばいていった。概要を次から次へと見るが、その気になれるようなものはまったくない。そして最後の概要まで来た。聞いたこともない著者が書いた、空想的な題の本だ。

『ハリー・ポッターと賢者の石』
J.K. ローリング著

題は先ほども言ったとおり明らかに空想的で、著者の名前も空想的だったが、私はまだその気になれなかった。すると、「ログライン」が目に入った。知らない人のために説明すると（知っているわけがないが）、ログラインとは本の内容を手短にまとめたもので、概要のそのまた概要だと言える。ログラインは、１文で表現するのが理想的だとされている。文学というよりは広告コピーに近く、内容が当てになるかどうかという点でも広告コピーに似ており、忙しい（つまり不精な）脚本家が、良いものと悪いものを素早くふるい分けられるようにするためにある。例えば、「２人のティーンが月で探偵社を始める」とログラインに書いてあったら、そこで読むのをやめていいと分かる（もちろん、２人のティーンが月で探偵社を始めるという映画が名案だと本当に思うなら、話は別だ）。とにかく、そのとき私が見たログラインはこうだった。

ある少年が魔法使いの学校へ行く。

そのころの私は、普通ならこのようなことにはこれっぽっちも興味をひかれないはずだった。ファンタジーのファンだとはとても言えず、好みの傾向としてはトールキンでなくレイモンド・カーバーだ。だが、気付いたらもう一度読んでいた。

ある少年が魔法使いの学校へ行く。

5分後、私は、仕事場から通りを行ってすぐの本屋で、「『ハリー・ポッターと賢者の石』という題の本なんですが、聞いたことはないでしょうか？」と店員に尋ねていた。店員は眉間にしわを寄せて、「あるとしたら外国書の棚ですね」と言い、連れて行ってくれた。「外国書の棚」には短い列が2つあるだけだった。店員は棚から薄い本を引っ張り出して、私によこした。

表紙の挿絵には後から愛着がわいてきたが、初めて見たときには、何かに気を取られているハリー（大学生くらいの年に見える）が、ホグワーツ特急に今にもひかれそうになっているような感じがして、期待が持てなかった。ひいき目に見ても、ただの平凡な子供の本にしか見えなかった。私は最初のページを開いた。

プリベット通り4番地の住人ダーズリー夫妻の自慢はこうだ。「私たちはどこから見てもまともな人間ですよ。わざわざどうも」

そこでやめた。瞬きした。もう一度読んでみる。私は本をパタンと閉じて、店員に支払いをし、5分後、仕事場に戻って最初の文をもう一度読んだ。そしてそのまま読み続け、昼食中も本を離さず、午後になってもずっと読んでいた。本を置いたのは1度だけ、30ページほど読んだところで、エージェンシーに電話したときだ。

「次にやってみたいことが見つかりました。『ハリー・ポッターと賢者の石』っていうんです」

シーンとしている……「何だって？」

「魔法使いの学校へ行く少年の話です」

シーン……返事がない。

「本気ですよ。すごくいい話です。いいどころじゃない、傑作です。このまま最後まで読んでも傑作だったら、これをやりますから」

これだけ言っておこう。その日、空想的な題の摩訶不思議なその本をまっしぐらに読み進めていくと、窓の外の光がどんどんぼんやりしていき、仕事場が自分のものでなくなったように感じられた。想像もできなかったことだが、私は途方もない旅に出ようとしていた。そして私は、一緒に同じ旅に出ようとする世界中の無数の旅人たちの1人に過ぎなかった。誰もが、無名の作家、J.K. ローリングの魔法にかかった。そして、その魔法は20年たっても強くなるばかりだ。

確かに、これは傑作のままだった。当時も、今も、そしてこれからもずっとだ。

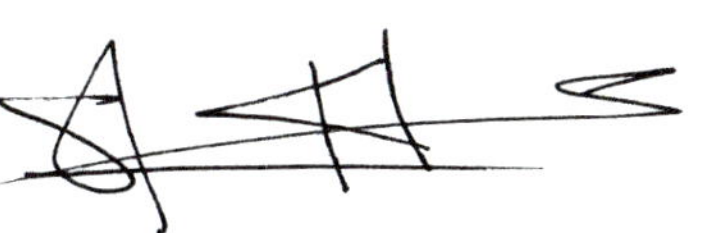

ハリー・ポッター 魔法の歴史展

2017年、大英図書館では、『ハリー・ポッターと賢者の石』の出版20周年を記念して、ハリー・ポッターの物語に広がる不思議な世界にちなんだ大規模な展覧会、「ハリー・ポッター　魔法の歴史展」を開催しました。

この展覧会では、ドラゴンやグリフィンについての中世の記述から、見事なリプリー・スクロールに記述された賢者の石の起源と絵まで、ハリー・ポッターの物語の中心となっている民間伝承と魔法の伝統を紹介しています。

展示物は、魔術に関する書籍、写本、物品をあちこちから幅広く集めたもので、大英図書館が所蔵している何世紀も前の貴重な物だけでなく、ハリー・ポッターの本の出版社であるブルームズベリー社とJ.K.ローリング自身のコレクションからも、未公開のすばらしい資料を借り入れています。

大英図書館の専門家が入念に構成し、何千年にもわたる魔法の歴史と伝統を扱う「ハリー・ポッター　魔法の歴史展」は、『ハリー・ポッターと賢者の石』の出版20周年を記念するのにふさわしい展覧会だと言えるでしょう。

大英図書館のキュレーターについて

ジュリアン・ハリソンは、大英図書館の中世と近世の手書き史料専門家のひとりです。マグナ・カルタのような文書や、大英図書館が所蔵するアングロサクソンの写本のコレクションの管理を担当しています。この展覧会で一番気に入っている展示物は、悪名高い賢者の石の作り方を説明している、神秘的なリプリー・スクロールだそうです。

アレクサンダー・ロックは、大英図書館の近代アーカイブ・手書き史料キュレーターです。担当しているコレクションのほとんどは紙または羊皮紙の文書ですが、有名作家のメガネ、亡くなった詩人の遺骨、ロシアの皇帝の手袋など、変わった物も担当しています。「ハリー・ポッター　魔法の歴史展」で一番気に入っている展示物は、ウルリヒ・モリトールの『魔女について』という本です。魔術についての非常に古い絵が載っているからだそうです。

ターニャ・カークは、大英図書館の希少本キュレーターで、400年も前に印刷された本を管理しています。「ハリー・ポッター　魔法の歴史展」で一番気に入っている展示物は、1680年ごろに書かれた『バジリスクの性質の簡潔な記述』という小冊子です。バジリスクは恐ろしい生き物なのに、この小冊子ではやけにおとなしそうに見えるからだそうです。

ジョアナ・ノーレッジは、大英図書館の現代文学アーカイブ・手書き史料の専門家のひとりです。管理を担当しているのは作家の手紙、日記、手書きの原稿などで、例えば、詩集『キャッツ　ポッサムおじさんの実用猫百科』の元の詩が書いてある、著者T.S.エリオットの手紙の管理も担当しています。「ハリー・ポッター　魔法の歴史展」で一番気に入っている展示物は、J.K.ローリングによる自筆のものすべてです。ハリー・ポッターの世界を創り出す過程を生き生きと示してくれるからだそうです。

J.K. ローリングについて

J.K. ローリングの『ハリー・ポッターと賢者の石』は、1997 年6月26日に初めて出版されました。ハリー・ポッターシリーズの全7巻は空前のベストセラーとなり、79 言語に翻訳されて、これまでに世界中の 200 の国・地域で4億5千万部以上を売り上げました。J.K. ローリングは 2001 年に、児童文学への貢献を認められて大英帝国勲章を授与されています。

J.K. ローリングは、ハリー・ポッターシリーズの出版以降も執筆を続け、数々の偉業を成し遂げています。

「私はいつも小説に取り組んでいる」

J.K. ローリング

J.K. ローリングは、初の大人向けの小説『カジュアル・ベイカンシー　突然の空席』を 2012 年に出版し、「ロバート・ガルブレイス」のペンネームで犯罪小説も書いています。2012 年には、J.K. ローリングが創り出す魔法界が楽しめる、デジタルコンテンツの会社「ポッターモア」が立ち上げられました。ポッターモアは魔法界に関するコンテンツをインターネットで世界中に発信し、ファンが魔法界に関する興味深いニュースや特集記事を読めるようになっています。

また、J.K. ローリングは国際児童慈善団体「ルーモス」を創設しました。ルーモスは、児童が養護施設でなく安全で温かい環境で育つことができるよう、世界中で取り組みを行っています。2007 年には、7冊ある特別な手書き版の『吟遊詩人ビードルの物語』のうちの1冊がオークションにかけられ、売上の 195 万ポンドがルーモスに寄付されました。

J.K. ローリングはほかにも、自身の慈善信託「ボラント」や、母親の名前を取って名付けられた「アン・ローリング再生神経学クリニック」を通じた多発性硬化症の研究など、たくさんの慈善事業を支援しています。

2016 年、J.K. ローリングはペンクラブ文学功労賞を授与されました。これは、ローリングが「あらゆる形の弾圧に反対し、博愛精神を擁護する」というペンクラブの使命を作品で体現し、評論家から高い評価を得た作家であるということが認められたものです。

「すばらしい才能を持つストーリーテラーであり、検閲に強硬に反対し、女性・少女の権利を支持し、教育の機会を断固として擁護するローリングは、すべての手段を意のままに使って、児童のために、より良い公正な世界を作り出している」

米国ペンクラブ会長 アンドリュー・ソロモン

2016 年は、ジャック・ソーンとジョン・ティファニーによる新作の劇『ハリー・ポッターと呪いの子　第一部・第二部』がロンドンでオープンし、新作映画『ファンタスティック・ビースト』シリーズの第1弾も封切られるという、ハリー・ポッターのファンにとってうれしい出来事がありました。この映画は、J.K. ローリングが初めて脚本を手掛けた記念すべき映画であり、魔法界の新時代の幕開けとなっています。

お世話になった方々

J.K. Rowling for the use of items from her personal collection.
Jim Kay and Olivia Lomenech Gill for allowing us to use their artwork.

Contributors: Claire Grace, Gill Arbuthnott
Mandy Archer from 38a The Shop
Stephanie Amster, Mary Berry, Isabel Ford, Saskia Gwinn and Bronwyn O'Reilly from Bloomsbury Publishing
Robert Davies, Abbie Day and Sally Nicholls from British Library Publishing
Ross Fraser from The Blair Partnership

Design: Sally Griffin
Cover design: James Fraser

写真クレジット